FVA

STEPHAN KALUZA

30 KELLER

ROMAN

FRANKFURTER VERLAGSANSTALT

1. Auflage

Herstellung und Umschlaggestaltung: Laura J Gerlach
Umschlagmotiv: © iStockphoto/Antagain
Satz: psb, Berlin
Druck und Bindung: GGP Media GmbH, Pößneck
Printed in Germany
ISBN 978-3-627-00206-0

1.

Es war ein ausgesprochen freundlicher Tag. Der Genfer See war in der Ferne zu sehen, manchmal glitzerte seine Oberfläche wie ein glatter Diamant in der Sonne, sofern sich nicht vereinzelte Fichten im Zeitlupentempo vor dieses Szenario schoben.

Der Wagen passierte langsam die Anhöhe und bog dann in eine kurvenreiche Landstraße ein, die hinab in Richtung Chéserex führte. Ab und zu musste er einigen Schneeverwehungen ausweichen, die der Sturm der letzten Nacht auf die Straße getrieben hatte, dabei drehten sich die Reifen auf dem vereisten Asphalt bedrohlich durch; es war wohl einer der kältesten Dezembertage, den man in diesem Teil der Schweiz jemals erlebt hatte.

Meisner wurde es zu warm, er korrigierte die Klimaanlage und sah auf die bizarren Eiszapfen, die überall an den Bäumen hingen. Wahrscheinlich waren die Wasserleitungen zu Hause wieder nicht gewartet worden, und ein ähnliches Bild würde ihn in seinem Wohnzimmer erwarten, es lief immer auf das Gleiche hinaus: Wenn er es nicht machte, machte es niemand. Er fragte sich, ob inzwischen die Rohre im Keller repariert waren, wahrscheinlich auch das nicht, sie hatte es mit Sicherheit vergessen, Karin besaß in diesen Dingen weder Disziplin noch Talent.

Eine scharfe Rechtskurve, der Wagen schlitterte ein wenig, und Meisner sah sorgenvoll nach vorne. Er zog ein Notizbuch aus der Tasche und machte sich eine schnelle Anmerkung: *Um die Rohre kümmern*; wie albern das klang. Aber an ihrer Seite klang so manches albern, die Wasserleitungen, die gestutzten Hecken in der Einfahrt, die Geranien in den spießigen Kübeln auf dem Balkon, der unnütze Krieg mit dem Nachbarn wegen einiger Brombeersträucher, die zu nahe an dessen Grundstück standen; allesamt Dinge, die sie gewollt hatte, sich dafür aber in keiner Weise verantwortlich zeigte. Das Haus blieb immer an ihm hängen. Auch der Garten. Und, wenn man nachdachte, eigentlich alles.

Dazu ihre hohe Stimme. Ob er an den »Christmas tree« gedacht habe, und die anderen Dinge, Glitter, Kerzen, so etwas, schließlich habe man bald Gäste. Wahrscheinlich hielt sie »Christmas tree« für schicker als das simple Wort Weihnachtsbaum; der alberne Dünkel zog sich durch ihr gesamtes Vokabular, mit dem sie vermeintlich beeindruckte, wie sie dachte. Er notierte: *Erschlag sie.* Schnell strich er die Wörter wieder durch und blickte auf die Straße vor sich. Die Abfahrt hinunter nach Chéserex schien gesperrt zu sein, ein Umleitungsschild stand mitten auf der Kreuzung.

»Sie sehen das, Herr Meisner?«, fragte Jeannot von vorne und fuhr langsamer. »Eine Verwehung. Wir müssen jetzt doch über die Hauptstraße.«

Meisner knurrte ein unwilliges *Ja* in Richtung seines Fahrers und blickte wieder auf die Notizen, *Jeannot erschlagen* stand dort als Eintrag des Vortages zu lesen, daran hatte sich auch heute nichts geändert, der Kerl war eine Plage. *Erschlag sie alle* schrieb er, jetzt noch wütender über den Umweg.

Jeannot hatte den Weg über diese Landstraße vorgeschlagen, weil es kürzer sei, wie er sagte. Dass sie so nun wert-

volle Zeit verloren, war absurd. Und dann noch eine Umleitung.
Jeannot schien seine Laune zu spüren und gab Gas, der Maybach fuhr nun sprunghaft an, Meisner raunzte ein *Sie Idiot* nach vorne. Er sah, wie die Hände am Lenkrad leicht zu zittern begannen, und beschloss, sich zurückzuhalten, es war wohl besser, lebend anzukommen.
»Wir müssen nicht ganz bis Nyon«, sagte Jeannot mit angestrengter Stimme. »Es gibt vorher eine Abzweigung, über –«
»Jeannot?«
»Ja, Herr Meisner?«
»Wessen Vorschlag war das heute, das mit der Abkürzung über die Landstraße?«
»Meiner, Herr Meisner.«
»Und Sie meinen, dass das ein guter Vorschlag war?«
»Ich dachte, der Versuch –«
»Es ist gut, dass Sie denken, ich mag das, Sie sind ein guter Kerl, Jeannot. Besonders, wenn Sie denken.«
»Danke, Herr Meisner.«
»Es ist nur besser, wenn ich dann nicht hier, in diesem Wagen, sitze, dann, wenn Sie denken, nicht? Und Sie wissen auch, wie man ein kleines, beschissenes Angestelltendasein abkürzt?«
Vorne blieb es still, Meisner sah wieder die zitternden Hände, diesmal bereiteten sie ihm Spaß: »Durch einen Tritt in den Arsch, Jeannot. Wenn Sie in diesem Leben auch nur noch eine Abkürzung mit mir fahren, war das Ihre letzte. Wir haben uns verstanden? – Jeannot?«
Dessen Stimme war kaum hörbar: »Ja, Herr Meisner.«
Sie schwiegen beide, noch immer glitzerte der See durch die Bäume, eine weitere Anmerkung fand ihren Platz im Notizbuch: *Jeannot fristlos kündigen. Morgen. Soll das Büro machen.*

»Ich werde mich natürlich daran halten, Herr Meisner, keine Abkürzungen mehr«, klang es vorsichtig von vorne.
»Ich weiß, Jeannot. Sie werden ganz sicher keine Abkürzungen mehr fahren. Das ist gut. Sehr gut.«
Er unterstrich die Sätze mit zwei energischen Strichen und ergänzte sie um einen weiteren: *Den Hauswart auch, s. Wasserleitungen.*
Sie erreichten nun Nyon und folgten den Schildern, die in Richtung Chéserex wiesen. Meisners Telefon klingelte, er angelte es aus der Innentasche seines Jacketts, das Display wies die Verbindung seines Sekretariats aus: »Ja, Brigitt?«
»Ich störe Sie nicht, Herr Meisner?«
»Nein, ich bin im Wagen. Haben Sie die Nummer?«
Es sei wirklich sehr schwer gewesen, sagte sie, unter diesem Namen gebe es eine Reihe von Einträgen im deutschen Netz, wie die Nadel im Heuhaufen sei das; aber mit der Hilfe eines Büros sei es dann doch machbar –
»Wollen Sie mir sagen, Sie haben einen Detektiv beauftragt?«
»Das war eher ein Ermittlungsbüro, aber alles sehr vertraulich. Es ging nur so, sie haben Ihre Angaben verglichen. Wir wissen jetzt, dass es sich mit Sicherheit um diese Dame handelt.«
»Sie haben es wirklich faustdick hinter den Ohren, Brigitt. Ich möchte nicht Ihr Feind sein«, sagte Meisner. »Also haben Sie die Nummer. Wo?«
»In Berlin.«
»Gut. Senden Sie sie mir direkt auf das Private. Jetzt. Und, Brigitt –«
»Ja, Herr Meisner?«
»Das war brillant.«
»Danke, Herr Meisner«, klang es stolz aus dem Telefon.
Er beendete das Gespräch, lächelte und sah gebannt auf das Display.

Berlin also.
Eine Nummer wurde angezeigt, er las die Zahlen mehrmals, speicherte sie schließlich unter A. ab und steckte das Telefon wieder weg. Jetzt, hier, im Wagen, konnte er sie nicht anrufen. Aber nachher. Er verspürte eine seltsame Aufregung, die er seit langem nicht mehr erlebt hatte. Seine Gedanken an sie hatten immer einen eher abstrakten und auch nostalgischen Charakter gehabt, was sie jetzt machen würde, wie sie sich kleiden würde, all das; diese Telefonnummer hingegen war real, 38042679; er lächelte wieder, er konnte sie bereits auswendig. Wie würde sie aussehen, heute, nach all den Jahren? Nach genau fünfzig Jahren.
Anne.
Sie durchfuhren das weihnachtlich geschmückte Nyon, desinteressiert blickte er auf kitschige Sterne, die man an Stahlseilen quer über die Straßen gehängt hatte, auch liefen einige albern aussehende Engel über die Trottoirs und der übliche Weihnachtsrummel blockierte den Verkehrsfluss – ein weiterer wütender Blick zu Jeannot, dann ein abwesender aus dem Fenster; jemand spielte eine Straßenorgel, es rührte ihn ein wenig.
Anne.
Sie erreichten die Hauptstraße in Richtung Chéserex, linkerhand war bereits der Golfplatz zu sehen, dann bald das Haus seines Nachbarn.
Jeannot bog in den nächsten Weg ein, es waren nur noch wenige Meter, Meisner sah schon das Tor zu seiner Einfahrt. Das Telefon vibrierte, er zog es wieder aus der Tasche und blickte auf das Display; Brigitt hatte eine weitere Nachricht geschickt: *Ich sollte Sie an Ihre OP erinnern, morgen, 8.30 Uhr, Klinikum Genf. Erwarten Sie eine zweite Erinnerung? B.* Er sandte ein kurzes *Danke, das reicht* zurück und ließ die Hände auf die Knie sinken. Wie sollte er das ver-

gessen, natürlich, morgen früh, die Klinik. So etwas konnte man nicht vergessen, so etwas saß im Fleisch, ein immerwährender Stachel, das war etwas – Böses.
Er hatte die Nachricht vor drei Tagen bekommen; er solle sich keine Sorgen machen, sagte man, der Eingriff sei Routine, aber es sei schon angebracht, keine Zeit zu verlieren, wenn man das Risiko der Metastasierung möglichst gering halten wolle, also komme er am besten umgehend. Nette Worte, aber eigentlich waren sie ein Befehl, Meisner, wenn Sie weiterleben wollen, dann kommen Sie, sofort, sonst ist's aus, verstanden?
38042679.
Anne.
Der Wagen hielt vor dem Tor, Jeannot betätigte die Fernbedienung und die Stahlflügel glitten zur Seite.
»Zum Haupteingang, Herr Meisner?«, fragte er mit einem Blick in den Rückspiegel.
Meisner nickte stumm und sah auf die verschneiten Hecken hinter dem Tor, die den Weg zum Haus säumten. Sauber gestutzt, der Schnee lag gerade auf ihnen wie eine akkurat zurechtgezogene Tischdecke. Davor der Kies, frisch geharkt. Beim Anfahren gaben die Reifen knirschende Geräusche von sich, hinter ihnen schloss sich das Tor.
Die Wege des Parks waren bereits vom Schnee befreit. Zwei der Gärtner, Gabriel und Neuve, standen dort und verbeugten sich in seine Richtung.
»Halten Sie.«
Der Wagen stoppte, Meisner ließ das Fenster herunter und winkte die beiden zu sich: »Was machen die Rohre im Keller?«
Das sei bereits erledigt, sagte Neuve, die Firma sei schon gestern da gewesen, die hätten eine anständige Arbeit gemacht.
»Welche Firma?«

»Eine aus Genf. Gute Leute, schnell, professionell, haben in zwei Stunden alles fertiggemacht. Jetzt ist's dicht.«
»Das habt ihr überprüft?«
Sie hätten mehrmals das Wasser durchlaufen lassen, alles sei o. k. und die Wasserleitungen würden jetzt auch wieder gehen, bei den Temperaturen sei das ein Segen, genau zur richtigen Zeit, mit Besserung könne man ja beim besten Willen nicht rechnen, eine Jahrhundertkälte sei das –
»Schon gut, schon gut.«
Die Fensterscheibe schob sich wieder nach oben, und der Wagen rollte weiter. Meisner fragte sich, wer diese Firma aus Genf organisiert hatte, Karin sicher nicht.
Sie umfuhren die Skulptur in der Mitte des Parks, eine Plastik von Moore, passierten die seitlich liegenden Arkaden und stoppten nach weiteren hundert Metern vor der Treppe des Haupteingangs. Jeannot öffnete ihm die Tür, Meisner stieg aus dem Wagen.
»Morgen früh, die Fahrt nach Genf?«
Meisner schluckte seinen Ärger über diese überflüssige Frage hinunter. »Ja. Pünktlich.«
»Natürlich, Herr Meisner.«
Wortlos stieg Meisner die Treppe hoch und hielt sich dabei an der Balustrade fest, ihm war schwindlig; die Fahrt nach Genf, natürlich, die Fahrt nach Genf, pünktlich, Genf, Klinik, pünktlich, OP, pünktlich, was sonst?
»Ist alles in Ordnung, Herr Meisner?«, hörte er die besorgte Stimme von Jeannot. »Soll ich die Security kommen lassen?«
»Quatsch, die sollen hinten bleiben. Bis morgen.«
Oben angekommen, fand er den Eingang unverschlossen vor, das war ungewöhnlich, der Sicherheitsdienst war in der Regel sehr genau in diesen Dingen. In der Halle war es kühl, der Schwindel ließ jetzt nach, aufatmend lehnte er sich an eine der Säulen.

38042679.
Er würde sie heute noch anrufen, noch vor der OP.
Er durchquerte die Halle und ging in den Salon: »Karin?«
Es kam keine Antwort, sie war offenbar in ihrem Flügel. Oder einkaufen, was auch immer. Er setzte sich vorsichtig in einen Sessel und atmete dabei tief aus; der Schwindel nahm wieder zu, und der Raum bekam eine ungewöhnliche gelbe Färbung, veränderte sich, schien sich dabei seinem Atem anzupassen. Einen Moment lang dachte er daran, den Arzt anzurufen, verwarf diesen Gedanken aber sofort, nicht heute, kein Arzt. Wieder ein Ausatmen, wieder ein Wölben des Raumes, wieder eine Art Verdichtung vor seinen Augen. Er wischte sich den Schweiß von der Stirn und starrte nach oben an die Decke, verwundert nahm er wahr, dass sie tiefrot glühte. Vielleicht überraschte ihn deshalb die Hand auf seinem Oberarm nicht, die ihn kräftig umgriff und nach hinten zog. Eine andere Hand presste eine Maske vor sein Gesicht, ein chemisch-süßlicher Geruch stieg ihm in die Nase, er musste kurz lachen, dieses Ding war einfach blödsinnig, hier, in diesem Raum, bei ihm zu Hause. Eine sanfte Stimme drang nur noch wie aus weiter Ferne an sein Ohr:
»Es ist alles gut, Herr Meisner.«
Dann wurde es dunkel.

2.

Er spürte – Wärme, ja, es war angenehm warm; Luft, er atmete. Immerhin.

Meisner lag auf der Seite und ertastete ein Stück Stoff auf seinen Schultern, es roch nach frischer Wäsche, ein Bettlaken; vorsichtig griff er danach und zog es ein wenig herunter, öffnete dann sehr langsam die Augen, zuerst nur einen Spalt, dann ganz.

Ein Dämmerlicht umgab ihn, er konnte nicht viel erkennen, vielleicht einen Tisch, dort, direkt vor ihm.

Langsam winkelte er ein Bein an, dann das zweite; er umfasste es mit der Hand, *alles in Ordnung*, dachte er.

Alles in Ordnung? Nichts ist in Ordnung, du liegst hier wie ein Tier, wie eine Sau, wie eine dumme Sau.

Er dachte an die rote Decke, das Ein- und Ausatmen des Raumes, die Hand auf seinem Arm, die Maske vor seinem Gesicht, diese sanfte Stimme; er drehte sich herum, versuchte dann, seinen Körper hochzustemmen, es misslang. Der zweite Versuch war erfolgreicher, schließlich saß er auf der Bettkante und dachte nach; er spürte, dass das hier nicht sein Bett war, dass er hier nicht in seinem Haus war, dass das auch nicht sein Bettlaken war; wieder roch er es, eine Chemikalie, wie im Krankenhaus.

Man hat mich betäubt.

Er spannte die Muskeln an und versuchte, aufzustehen,

setzte sich dann sofort wieder hin. Im rechten Arm verspürte er ein Stechen, tastete die Stelle ab und fühlte einen weiteren Stoff, einen Verband, gehalten von zwei metallenen Klammern. Seine Augen gewöhnten sich nun langsam an das Dämmerlicht; er befand sich in einem geschlossenen Raum, nicht sehr groß, die Deckenhöhe betrug wenig mehr als zwei Meter. Vor sich konnte er den Tisch jetzt klar ausmachen, an ihm standen zwei Stühle.

Warum zwei Stühle?

Linkerhand war eine Toilette in die Wand eingelassen, daneben ein kleines Waschbecken und ein Spiegel, sehr sauber alles.

Eine Zelle. Ich bin in einer verdammten Zelle.

Ein Duschkopf. Ein Abfluss im Boden. Sein Koffer. Wieder versuchte er hochzukommen, zitternd stand er schließlich auf den Beinen und blickte weiter auf den Koffer. Jemand hatte ihn dort hingestellt. Ein Jemand in einem schwarzen, eleganten Anzug, mit einer teuren Frisur, italienischen Schuhen, sehr weltmännisch, so etwas sieht man, er lachte.

Weltmännisch – das ist blöd.

Die Erinnerung kam in Bruchstücken, er versuchte, die Fetzen wie mit den Händen zu greifen; »er beobachtet uns« und »das wird ihn mitnehmen«, jemand hatte das gesagt, hier, noch vor kurzer Zeit; »macht alles zusammen, dann hat er es hinter sich«, auch das hatte sie gesagt, diese sanfte Stimme aus dem dunklen Anzug. Dann hatte man ihn auf dieses Bett gelegt und das Bettlaken über seine Schulter gezogen, fast liebevoll, er lachte noch einmal.

Das ist doch nicht wahr, das alles. Das ist doch nicht wahr!

Er drückte die Fingernägel fest in die Handflächen, es half nichts, er sah immer noch den Raum, den Tisch, die Bettkante und spürte das leichte Stechen im Arm; das hier war kein Traum oder ein langsames Erwachen aus einer Ohnmacht, es geschah wirklich. Wieder streiften seine Augen durch den Raum, ihm fiel auf, dass das Interieur sehr passend zusammengestellt worden war und sich in Form und Farbe, einem stahlblauen Grau, den Wänden und dem Boden anglich. Der Tisch war aus massivem Holz gearbeitet, bestes Handwerk, sehr teuer, die Stühle standen dem in nichts nach. Ihr Lack glänzte samten in dem schwachen Licht, dessen Quelle Meisner nicht ausmachen konnte; dieses Licht kam nicht von irgendwoher, es verteilte sich gleichmäßig über das Inventar. Wer auch immer diesen Raum eingerichtet hatte, er hatte Geschmack. Irritiert blieb sein Blick auf dem ordentlich gefalteten Handtuch neben dem Waschbecken haften; er konnte keinen Halter ausmachen, das Handtuch schwebte frei im Raum, er schüttelte benommen den Kopf.

Auch nahm er jetzt eine Türklinke wahr, unscheinbar hob sie sich von der gegenüberliegenden Wand ab. Die dazugehörige Tür war nicht zu sehen, es erinnerte an ein surreales Gemälde. Gebannt starrte er auf die Klinke, es mochten sechs, sieben Schritte bis dort sein. Schnell versuchte er, seine Beine zu bewegen, dann sah er den Schlitz neben der Klinke.

Ein schmaler Lichtschlitz, der zunehmend breiter wurde. Die Tür öffnete sich lautlos, und ebenso leise trat ein Mann ein. Meisner erkannte ihn sofort, es war der mit dem dunklen Anzug, den italienischen Schuhen, der aus seiner Erinnerung.

Der Mann blieb einen Moment lang stehen und blickte zu ihm herüber. Meisner nahm die schönen, aristokratisch wirkenden Gesichtszüge wahr, die dunklen Augen, das makellos geschnittene Haar; ebenso das Emblem auf dem maßgeschneiderten Anzug, ein ihm unbekanntes Symbol, zwei ineinandergreifende Quadrate, stahlblau. Die Hände des Mannes hoben sich leicht an, das Licht wurde sofort

heller, ein Lächeln lag auf seinen Zügen: »Sie sind schon wach? Das ist ein gutes Zeichen.«
Meisner schwieg und starrte gebannt auf die Gestalt vor ihm.
Wer ist dieser Kerl?
Mit zusammengekniffenen Augen sah er ihn fragend an, knurrte dann leise: »Wer sind Sie?«
Sein Gegenüber trat einen Schritt näher: »Ronaldo. Einverstanden?«
Die Stimme war sanft, so wie die eines Priesters, der einem die Beichte abnahm, sanft, aber doch sicher und fest, eine überzeugende Stimme.
»Sie sind nur irgend so ein Schwein«, fuhr Meisner auf.
Ein gefährlicher Satz. Da könnte sie jetzt kommen, die Handkante, die ihm ins Gesicht schlagen würde. Aber der Mann rieb seine Hände nur ineinander und sprach gelassen weiter: »Wie Sie meinen. Kaffee? Sie trinken ihn doch immer zu dieser Zeit, Ihren Kaffee.«
»Schwein!«
Ohne Meisners Antwort abzuwarten, drehte er sich um und rollte einen reichlich bestückten Servierwagen in den Raum, stellte die Kaffeetasse bereit, daneben ein Schälchen mit Rohrzucker und ein Kännchen Milch; Meisner sah zu, alles war wie bei ihm zu Hause, das Geschirr, ein sehr elegantes Rothieux, darin der Rohrzucker, selbst das Besteck schien sein eigenes zu sein. Ronaldo lächelte wieder: »Nicht, dass Sie sich wundern, Herr Meisner, in Bezug auf Ihren Arm. Wir haben Ihnen ein Stück Gewebe entnommen, genau zwei Zentimeter im Quadrat. Morgen werden Sie den Arm wieder problemlos bewegen können. Da Sie ja mit links arbeiten, wird es Sie kaum beeinträchtigen.«
Meisner blickte auf den Verband, dann wieder auf das Emblem an der Brusttasche seines Gegenübers:

»Sie heißen Ronaldo?«
»Wenn Sie so wollen.«
»Ronaldo, der Fußballer, ja? Verarschen kann ich mich selbst. Arschlöcher. Barbaren.«
»Sie sollten mich nicht einen Barbaren nennen. Ein Barbar, Herr Meisner, hätte sich nicht mit einem Stückchen Haut begnügt, der hätte Ihnen eine Hand, die Nase oder ein Ohr abgeschnitten. Er hätte es dann wohl auch nicht fachgerecht genäht und verbunden. Überhaupt, ein solcher Barbar würde Ihnen wohl kaum den Kaffee ans Bett bringen und Sie noch viel weniger mit einem guten Morgen begrüßen, so wie ich das jetzt tue. Also – ich wünsche Ihnen einen guten Morgen. Haben Sie Schmerzen?«
So ein Gesprächspartner konnte einem gefallen, beim Essen, in einem sehr guten Restaurant, alles aus einem Guss, so, wie es sein sollte, wie diese Stimme, geschliffen, sanft, einfühlsam. Meisner beschloss, nicht darauf einzugehen: »Was interessiert Sie das? Tun Sie doch nicht so, als ob Sie das jucken würde. Das ist doch Heuchelei.«
»Das war eine ehrlich gemeinte Frage. Ich habe kein Interesse an einem leidenden Gast.«
»Ich bin Ihr Gast, ja? Und das hier war eine nette Einladung, oder was? Schweine, ihr.«
Gut so, lock den Kerl aus der Reserve, dachte er und gab sich Mühe, seiner Stimme einen harten Ton zu verleihen, sein Gegenüber schien das nicht zu beeindrucken: »Sicher keine nette Einladung aus Ihrer Sicht, aus unserer in gewisser Weise schon. Während Ihres Aufenthaltes hier –«
»Wie viele Tage, wie lange?«, fuhr Meisner dazwischen.
Ronaldo lächelte schlicht: »Bei der Gelegenheit lassen Sie mich noch sagen, dass ich zwei Arten von Fragen unterscheide; solche, die ich Ihnen gerne und aufrichtig beantworten werde, und solche, sagen wir, der Kategorie Zwei, die leider unbeantwortet bleiben müssen. Die Frage nach

der Dauer Ihres Aufenthaltes hier fällt heute leider noch unter diese zweite Kategorie.«

»Was heißt hier – noch?«

Die Antwort ließ einige Sekunden auf sich warten, auch das Lächeln verebbte für einen Moment: »Morgen werden wir so weit sein, dass ich Ihnen das sagen kann. Sie sollten wissen und akzeptieren, dass Sie momentan noch unter Schock stehen, auch wenn Sie das nicht glauben mögen. Aber um Ihre nächste Frage vorwegzunehmen – Sie befinden sich hier in einem Raum, der aus Ihrer Sicht durchaus ein Keller sein könnte, oder ein Gewölbe. Allerdings ein sehr moderner Keller, was Sie jetzt im Einzelnen nicht sehen können. Für Außenstehende ist dieser Raum vollkommen unzugänglich, er entzieht sich durchaus der realen Welt, so wie Sie sie kennen. Ich kann Ihnen auch nur raten, das so anzunehmen; ansonsten verschwenden Sie Ihre Zeit hier mit unmöglich umzusetzenden Fluchtgedanken. Sie sollten auch nicht an so etwas wie eine gewaltsame Befreiung denken, die Chance ist bereits von uns kalkuliert, sie beläuft sich auf null. Selbst eine zufällige Entdeckung dieses Raumes ist kalkuliert, sie beläuft sich ebenfalls auf null. Sie können uns da trauen. Im Übrigen, jede Form einer außerplanmäßigen Störung ist kalkuliert, auch ein Fehler in der Art der Kalkulation selbst ist kalkuliert.«

Meisner schwieg, dachte nach.

Reserve, den Kerl aus der Reserve locken.

»Ein bisschen gottgleich, was? Sie halten sich für ziemlich toll, denke ich. Die hat man immer noch gekriegt.«

»Ich bin lediglich ein guter Schüler. Nicht zuletzt von Ihren eigenen Systemen, Herr Meisner. Sie wissen, dass ich das nicht weiter erklären muss.«

Die Worte wurden von drei präzisen Handgriffen auf dem Servierwagen begleitet, ein fachgerechtes Eingießen des

Kaffees, ein Hineingeben zweier Stückchen Zucker, das Umrühren mit einem kleinen Löffel; der Servierwagen rollte nun scheinbar selbständig zu ihm, Meisner blinzelte und blickte ungläubig auf die Kaffeetasse.

»Bitte«, sagte Ronaldo.

Meisner fixierte starr die braune Flüssigkeit vor ihm, ein ungutes Gefühl beschlich ihn: »Sie sind nicht maskiert. Was ist das für eine Frage, fällt die auch in Ihre Kategorie Zwei?«

»Nein, sie ist absolut beantwortbar. Sie sehen richtig, ich bin nicht maskiert.«

»Was ist das für ein Spiel? Wie auch immer Sie's geschafft haben, mich hierher zu kriegen, das werden wir sehen, aber, verdammt, warum ziehen Sie sich nicht so eine Scheißmütze über den Kopf?«

»Ich halte das für unnötig.« Wieder das Lächeln, wieder eine Stimme, die vor schöner Contenance zu klingen schien.

»Warum? Jeder von euch Brüdern maskiert sich, das ist doch so!«

»Sie meinen, dass ein anständiger Entführer sich zu maskieren hat, dass sich das so gehört, ja?«, stellte Ronaldo fest. »Nun, wenn Sie wollen, maskiere ich mich gerne, Sie können sich etwas aussuchen, Strümpfe, ein Motorradhelm oder eine dramatische Clownsmaske?«

Meisner sah weiterhin auf die Tasse vor sich, er überlegte, ob der Zucker sich darin bereits aufgelöst hatte, – wie dumm, fuhr es ihm durch den Kopf, an so etwas überhaupt zu denken, jetzt! Die Gedanken überschlugen sich, eine böse Ahnung kam hinzu, er wusste nun, was es war – das Gefühl völliger Machtlosigkeit. Wo war die Macht geblieben, die er sonst hatte, wenn sie vor ihm standen, die Kleinen, die aus dem Nichts und aus dem Zwergenland; wenn sie ihm ausgeliefert waren, seiner Lust an ihrem tau-

ben Willen, an ihrem gebeugten Genick, an ihrem wehrlosen Fleisch? Wenn sie dann ihre Finger nervös hinter dem Rücken verhakten, von einem Fuß auf den anderen traten, wegen Rohren im Keller, wegen gestutzter Hecken, wegen dummer Abkürzungen, – im Angesicht seiner Macht? Jetzt war es anders, verdreht, seine Macht hörte hier auf, vor diesem Kerl in Schwarz. Ronaldo schien Meisners Unsicherheit zu bemerken und schwieg, schaute höflich zur Seite und tat so, als ob er das nervöse Zucken in Meisners Gesicht nicht wahrnehmen würde. Meisner atmete tief, sah dann lange auf die abwesend wirkende Gestalt und verspürte eine plötzliche Wut gegen diese Ohnmacht.
»Sie haben gar nicht vor, mich hier lebend rauszulassen, das ist es doch! Sie mit Ihren Witzen und Ihrem Charmeur-Gehabe. Sie haben das gar nicht vor! Ist das so?!«
»Sie sollten sich nicht aufregen, Herr Meisner.«
»Ist das so?! Wenn das so ist, dann tun Sie's doch! Oder glauben Sie, ich höre mir auch noch Ihre dämlichen Witze an? Los, dann machen Sie's doch schon, jetzt!«
»Sie sollten sich beruhigen, es gibt keinen Grund zur Aufregung. Wie Sie sehen, bin ich auch nicht bewaffnet.«
»Und noch so ein Witz? Sie haben doch irgendwo eine Knarre!«
»Nein, ich habe keine Waffe, Sie können mir glauben.«
Schnell malte Meisner sich in Gedanken die Szenerie aus; er würde aufspringen, den Kerl an der Kehle packen, ihm den Arm mit einem Ruck herumdrehen, ihm einen Schlag in den Nacken verpassen, um danach ganz ruhig durch die offene Tür hinauszugehen, alles Weitere sähe man dann. Ronaldo schaute ihn erwartungsvoll an, Meisner hielt dem Blick stand, froh, dass seine Stimme nicht zitterte:
»Dann will ich hier raus. Jetzt.«
»Oder Sie wollen mich schlagen, verprügeln, ja? Meinen Sie das?«

»Lassen Sie es drauf ankommen?«
Ronaldo schwieg kurz. »Ich fürchte, ja.«
Sie starrten sich an, Meisners Gedanken verloren sich, die dunklen Augen fixierten ihn ununterbrochen, kein Lidschlag störte diesen Blick, der direkt aus der Schwärze des Alls zu kommen schien. Wer ist dieser Kerl, dachte Meisner und senkte die Augen; er hatte verloren, zumindest für den Moment. Er konnte den Respekt in seiner Stimme nicht verhehlen: »Warum sind Sie nicht maskiert?«
»Was denken Sie?«
Wieder lächelte Ronaldo, dazu ein Glattstreichen des Ärmels. »Gehe ich davon aus, dass unser kleiner Deal zustande kommt, dann stellt sich später in der Tat die Frage nach einer möglichen Identifizierung meiner Person durch Sie, – Sie, der wieder ein freier Mann sein wird. Was wird dann passieren?«
»Ich identifiziere Sie als meinen Entführer, ja. Das Risiko werden Sie nicht eingehen.«
»Eine spätere Begegnung ist völlig ausgeschlossen, Herr Meisner.«
»Dilettanten, ja? Keine Ahnung, oder was? Ihr seid doch jetzt schon in jedem Polizeicomputer der Welt, vollkommen vernetzt, mit deinem Gesicht, wenn ich da drauf zeige, Junge, haben die dich direkt am Wickel. So blöd könnt ihr doch gar nicht sein.«
»Sie gehen von falschen Voraussetzungen aus. Wie Sie sicher wissen, wird man erst polizeilich erfasst, nachdem man eine Straftat begangen hat, nach einer Vorstrafe, nicht vorher, korrekt? Und da das nicht der Fall ist, muss ich Sie bezüglich meiner Anwesenheit in den Polizeicomputern dieser Welt leider enttäuschen. Außerdem sollten Sie mir schon ein vollkommenes Alibi zutrauen, ich bin da sehr genau. Darf ich Ihnen nachschenken?«

Meisner überhörte die Frage. »Meinen Sie damit, dass das hier Ihr erstes Ding ist?«
»Das ist es«, antwortete Ronaldo.
»Ein Anfänger, ich glaub's nicht.«
Ronaldo nickte, schaute ihn dann an, stolz wie ein Schuljunge nach der ersten guten Note.
»Woher wussten Sie das?«, fragte Meisner.
»Was, bitte?«
»Dass ich Linkshänder bin, Sie haben eben gesagt, dass ich Linkshänder bin.«
»Es scheint, dass ich mich als Anfänger gut vorbereitet habe.«
Meisner stockte: »Aus Presseberichten. Sie wissen es aus der Presse oder aus dem Fernsehen.«
»Auch das waren Möglichkeiten, die uns zur Verfügung standen. Aber nicht nur.«
»Sie wollen mich also freilassen, sagen Sie.«
»Das habe ich so nicht gesagt, aber zum jetzigen Zeitpunkt ist es vernünftig, dass Sie davon ausgehen.«
»Verdammt, reden Sie richtig mit mir! Ich will wissen, was hier vor sich geht, los!«
»Wir sollten jetzt nicht über Details reden, Sie wissen, die zweite Kategorie. Sie werden sich erst einmal hier einfinden, Ihre Psyche stabilisieren, sich, sagen wir, etwas akklimatisieren.«
»Ich habe mich bereits akklimatisiert, und jetzt sagen Sie mir, was hier vor sich geht!«
Ronaldo ließ sich Zeit mit der Antwort: »Gut. Was, denken Sie, ist passiert?« Erwartungsvoll richtete sich sein Blick wieder auf Meisner, ein erneutes Händereiben, wieder das kurze Glattstreichen des Ärmels.
Als wenn er es nicht wüsste, dachte Meisner und sah scheu zurück. Der Kerl flößte ihm Respekt ein, fast verspürte er eine Sympathie; das war unglaublich, hier bewegte sich

jemand auf seiner Augenhöhe, war ihm ebenbürtig, mehr noch, dieser Jemand entschied über ihn, das hatte er seit gefühlten Dekaden nicht mehr erlebt, dachte er, – *sonst kann das nicht einmal –*

»Gott«, sagte Ronaldo. »Nicht einmal Gott könnte über Sie entscheiden, meinen Sie das? Vielleicht haben Sie damit auch recht, Herr Meisner. Sie stehen wirklich über allem.«

Meisner sah ihn fassungslos an.

»Was, denken Sie, ist passiert?«, wiederholte Ronaldo seine Frage.

»Ich weiß, dass Sie und Ihre Kumpane mich gestern entführt haben, ja. Und wie Sie das hingekriegt haben, ist mir ein Rätsel, absolut. Und jetzt bin ich hier und denke, dass Sie irgendetwas wollen, Geld wohl, eine Menge davon. Oder? Und wenn Sie das bekommen, wollen Sie mich freilassen, was ich für ungewöhnlich halte, da ich Ihr Gesicht kenne, Ihr Anfänger-Gesicht. Und ich denke, dass Sie das nicht sind, ein Anfänger.«

»Warum?«

»Weil ein Anfänger mich niemals hätte entführen können. Man kann mich nicht so einfach«, er schnippte mit den Fingern, »entführen. Was ist mit Stendhal und Levi, Jeannot?«

»Sie meinen Ihre Leibwächter und den Fahrer? Denen dürfte es inzwischen wieder gut gehen. Vielleicht haben sie noch etwas Gelenkschmerzen, hier und da, ansonsten sind sie fit. Bitte, noch etwas Kaffee?«

»Verdammt, woher wissen Sie das alles?«

»Dass Sie Ihren Kaffee mit zwei Klümpchen Rohrzucker trinken? Bestimmt nicht aus der Presse. Vielleicht gibt es darauf keine Antwort in Ihrem Sinne, Herr Meisner.«

Meisners Blick glitt über die Gestalt seines Gegenübers, so, als gäbe es dort, auf diesem eleganten Körper, eine In-

schrift, die ihm alles verraten würde; eine schlichte Antwort, auf das – Was soll das hier? Das Gefühl des Unheimlichen legte sich wie ein nasses Seil um seine Füße, schlang sich dann höher, um den Körper, bis zum Hals, seine Stimme war jetzt rau: »Wer ist es, für wen tun Sie das? Was kommt jetzt, zweite Kategorie, ja?«
»Nein. Wir tun es für niemanden, wir tun es nur für uns.«
»Das glaube ich Ihnen nicht. So was hier, das ist doch von langer Hand vorbereitet, das ist doch nicht einfach so –«
»Ist es auch nicht, von langer Hand vorbereitet, absolut richtig, das ist es, von uns. Aber Sie sollten sich zuerst etwas eingewöhnen. Es reicht, dass wir für diesen Vormittag das Folgende festhalten, die meisten Ihrer Fragen hatten damit zu tun:
Sie sind das Opfer dieser Entführung.
Sie werden gut bis sehr gut behandelt.
Für Ihre Freilassung verlangen wir Geld.
Ihr Tod ist damit nicht zwangsläufig nötig.«
Er schien noch einen Moment lang nachzudenken: »Das sollte doch reichen.«
Meisner konnte sein Lachen nicht unterdrücken. »Und, wenn Sie Ihr Geld haben, krieg' ich das Stück aus meinem Unterarm dann wieder?«
Sein Gegenüber sah ihn unverändert freundlich an, strich erneut über seinen Ärmel. »Sie sind ein Mann mit Humor; auf den Bildern in den Zeitungen sieht man Sie immer lachen. Sie werden wieder der Alte, das ist sehr gut. Zur Information: Die Probe wird wohl genau jetzt einer DNA-Analyse unterzogen, Ihre Leute werden noch vor Mittag das Ergebnis erhalten. So sollte es sein, wenn wir von einem erstklassigen Labor ausgehen. Was meinen Sie, wird man Ihre Probe in ein erstklassiges Labor geben?«
»Witzig, ja? Wem haben Sie die Nachricht geschickt? Und Ihre Forderungen? Meiner Frau?«

»Ihrer Frau Karin? Nein, man sollte sie schonen und es ihr erst so spät wie möglich sagen, sie ist sehr sensibel.«
»Wem?«
»Ihrem Vorstand. Bohm, Jansen, Singh, Marley.«
»Wie viel wollen Sie?«
»Sehr viel.«
»Sehr viel? Und wenn Bohm nicht zahlt? Gar nichts? Wenn er sich nicht erpressen lässt? Vielleicht –«
»Weil das eine gute Möglichkeit wäre, Sie loszuwerden, meinen Sie das? Vielleicht, wer weiß, wir werden sehen.«
Es war ein Fehler gewesen, Bohm als unsicheren Faktor darzustellen, Meisners Ärger über sich wuchs, und er fragte sich, wessen Stimme er jetzt in seinem Kopf hörte, die ihm sagte, dass er sich doch keine Sorgen machen solle – es war sogar beruhigend.
Ein dummer Junge, ich bin für den nur das.
»Was ist, wenn Ihr Ding da schiefläuft? Sie müssen doch wissen, was Sie dann vorhaben?«, fragte er nach einer Pause.
»Etwas Geduld. Heute Abend kann ich Ihnen mehr sagen. Wenn Sie sich etwas eingelebt haben. Beim Abendessen.«
»Sind Sie ein Terrorist oder so was?«
»Nein, zumindest nicht in dem Sinne, wie Sie das verstehen. All das Halsabschneiden mit langen Macheten und Vermummte vor einer Videokamera mit wackligen Bildern, kleinliche politische Forderungen, die ganze mediale Empörung danach. Nein, es geht uns wirklich nur um Ihr Geld.«
Meisner lachte bitter: »Beruhigend.«
Doch der Blick des anderen blieb diesmal ernst: »Sie wollen Ihr Leben, ich will Ihr Geld, ein einfacher Tausch, ein simples Win-win-Geschäft, wie am Schalter der Bank, darin sind wir doch beide gut. Seien Sie froh, dass ich kein komplizierter Terrorist bin. Insgesamt ist Ihre Situation

zwar eine schlechte, sie könnte aber bei weitem schlechter sein. Bei weitem.«

»Sie können einen ja richtig aufheitern. Warum verstehen Sie etwas von Geldgeschäften?«

»Kategorie Zwei.«

»Wenn Sie mir schon Ihr Gesicht zeigen, warum soll ich das nicht wissen?«

»Ich sage nicht, dass Sie es nicht wissen sollen, ich sage, dass Sie es erst später erfahren, Stück für Stück. Heute Abend. Punkt sieben. In dem Koffer unter dem Bett finden Sie einen Teil Ihrer Kleidung, falls Sie sich zum Essen umziehen möchten. Unter anderem Ihren Anzug von gestern, der bequeme Cut, den Sie gerne bei privaten Anlässen tragen, Ihre Freizeitkleidung. Ich verabschiede mich jetzt, Sie ruhen sich ein wenig aus, und wir sehen uns nachher zum Croix de Bœuf.«

Meisner zuckte zusammen: »Woher –«

»– ich Ihr Leibgericht kenne? Kategorie Zwei. Wir sehen uns später.«

Ein letztes Lächeln. Ronaldo drehte sich mit einem angedeuteten Diener um, schob den Servierwagen aus der Tür, sie fiel völlig geräuschlos hinter ihm ins Schloss.

3.

Meisner saß unverändert auf der Bettkante und stierte auf die Tür. Schließlich stemmte er sich energisch hoch, stand dann aufrecht und versuchte einen ersten, danach einen zweiten Schritt. Allmählich kehrte das Gefühl in seine Beine zurück, und er ging weitere Schritte. Ein Griff an die Türklinke, erwartungsgemäß war sie verschlossen; mit den Fingern suchte er einen Türspalt, es war keiner da, die Klinke schien geradewegs aus der Wand zu kommen. Wieder und wieder kratzte er mit den Fingernägeln im Putz, es gab keinen Türspalt. Er versuchte, sich diesen unheimlichen Umstand logisch zu erklären, wahrscheinlich war die Tür einfach nur extrem passgenau konstruiert worden, mehr war es nicht. Suchend fuhr sein Blick über die Wände, sie wiesen keinerlei Öffnungen auf, keine Abluftkanale, nichts; ebenso wenig wie der Boden, der sich seltsam warm unter den Füßen anfühlte, er schmeichelte den Fußsohlen, es war angenehm, über einen solchen Boden zu gehen.
Als Nächstes untersuchte er den Tisch und die Stühle. Sein erster Gedanke, dem Kerl mit einem Tischbein an der Tür aufzulauern, stellte sich als nicht umsetzbar heraus, die Möbel waren massiv gebaut und mit tiefen Nuten versehen, es gab nichts, was man herausbrechen konnte. Die Sanitäranlagen boten ebenfalls keine Schwachstellen, viel-

leicht abgesehen von dem Duschkopf, der als Waffe allerdings recht lächerlich daherkommen würde. Resigniert öffnete er den Koffer und begann, sich anzuziehen, konnte es nicht wirklich fassen, man hatte ihn entführt - ihn! Trotz der weltbesten Security und einer hochmodernen Überwachungsanlage. Das gab es nicht, das war - unheimlich. So, wie alles hier unheimlich war, der Raum, dieser Ronaldo, selbst der Servierwagen, alles. Er sah hinüber zum Waschbecken, ging einen Schritt darauf zu, sofort fuhr ein Strahl Wasser aus dem schlanken Hahn; vorsichtig hielt er zwei Finger darunter, die Temperatur war perfekt, so, wie er es mochte. Ein Stück Seife der Marke, die er gewohnt war, lag neben dem Hahn, er wusch sich die Hände, dann das Gesicht, griff rechterhand zu dem Handtuch, das sich ihm willig entgegenstreckte, um sich dann in der Schwebe wieder sorgsam selbst zusammenzufalten; ein trockenes Lachen entfuhr ihm:

Du bist verrückt. Genau. Nur noch verrückt.

Er war versucht, sich erneut die Fingernägel in die Handflächen zu drücken. Wo war Karin gewesen? Er erinnerte sich, sie gerufen zu haben. Sie hatte nicht geantwortet. Mit ihrer sonst so lauten Stimme.

Er stieg in die Hose und zog den Reißverschluss hoch. Hatte sie ihm überhaupt jemals geholfen? Daran konnte er sich beim besten Willen nicht erinnern, nein, sie sah nur immer zu, wo sie blieb, früher wie heute. Wahrscheinlich hatte sie wieder stundenlang am Telefon gesessen und mit ihren Botox-gesichtigen Freundinnen telefoniert, während ihr Mann einige Meter weiter entführt wurde; vermutlich würde sie ihn jetzt noch nicht einmal vermissen. Ebenso wenig hatte sie sich für die anstehende OP interessiert, es sei ja wohl nur ein Routine-Eingriff, wie sie sagte. Es war weit gekommen zwischen ihnen, zu weit.

38042679. Selbst jetzt noch - 38042679.

Schlagartig fiel ihm sein Handy ein, in der Jackentasche. Schnell durchwühlte er den Koffer, vielleicht hatten sie nicht daran gedacht, auch wenn er das kaum annehmen konnte. Er fand den gestrigen Anzug, in der Innentasche steckte tatsächlich das Telefon; er atmete tief ein, das war es wohl, mein lieber Herr Ronaldo, wie konnte man nur so blöd sein? Das Display zeigte ein vorhandenes Netz an, er wählte Karins Namen und hörte den Freiton, es war unglaublich. Das Rufzeichen ertönte ein Dutzend Mal, sie antwortete nicht. Er stoppte und kontrollierte die Nummer, sie war korrekt, er wiederholte den Anruf, keine Antwort. Typisch. Kurzerhand tippte er die Notrufnummer 112, auch hier hörte er den Freiton. Niemand nahm ab. Das war nicht möglich, dort war immer jemand zu erreichen; er sah irritiert auf das Display, eine SMS wurde angezeigt:
Entschuldigen Sie bitte mein Versäumnis, Herr Meisner, ich hätte Ihnen eben sagen sollen, dass Telefonate derzeit nicht möglich sind. Wir hielten es nur für unhöflich, Ihnen das Gerät einfach so zu entwenden. Herzlichst, Ihr Ronaldo
Das Absenderfeld wies drei Nullen auf, Meisner lächelte bitter, zumindest keine drei Sechsen. Er zog sich fertig an und ging zum Tisch, setzte sich auf einen der Stühle. Sein Blick fiel auf die Wand mit der einsamen Türklinke darin. Er kniff die Augen zusammen, die Wand schien näher gerückt zu sein, einen halben Meter. Aber wahrscheinlich täuschte er sich nur. Richtig, nach einem weiteren Blinzeln stand die Wand wieder an ihrem alten Platz, mehr noch, sie hatte sich einige Meter weit zurückgezogen.
Unsinn.
Müde rieb er sich mit der Hand durch das Gesicht, warum diese Müdigkeit? Sein Kopf war schwer, er ließ ihn auf die Tischplatte sinken. Es war doch dumm, eine Türklinke saß in einer Tür, eine Klinke, in einer Tür, das war – normal,

so hatte das zu sein, eine Klinke mit drei Nullen, Karin, am Telefon, sie blutet, mein Croix de Bœuf, BŒUF, Fleisch, richtig, Fleisch blutet auch, ein erstes Hochzucken, dann ein zweites, die Augen öffneten sich schnell. Erschrocken blickte er um sich, der Raum war verschwunden, auch saß er nicht mehr, sondern lag, eng, in einem Kofferraum. Über sich sah er die geöffnete Haube; eine Decke und eine Plastiktüte lagen auf seinen Beinen. Um seinen Körper hatte man ein Tape gespannt, ein Streifen davon klebte auf seinem Mund, er keuchte, wollte rufen, heraus kam nur ein stöhnendes Gurgeln. Ein Druck mit den Beinen, auch das war nicht möglich, er lag eingepfercht wie eine Mumie in ihrem Grab. Wieder und wieder versuchte er zu schreien, schließlich mit Erfolg, das Tape löste sich ein wenig, und er gab einige gutturale Laute von sich, hob dabei den Oberkörper an und blickte über den Rand des Kofferraumes. Er sah eine Fabrikhalle, offenbar ein Lager. An den Wänden türmten sich Paletten und Gitterboxen mit internationalen Aufschriften; alles war unaufgeräumt und wirkte verlassen, ein Szenario, das einschlägigen Thrillern hätte entsprungen sein können, so auch das fahlblaue Licht, es warf lange Schatten an die Wände. In der Mitte der Halle konnte er einige Silhouetten ausmachen, Männer, die offenbar miteinander diskutierten. Wieder versuchte er zu schreien, diesmal konnte er seinem Mund einige lautere Töne entlocken; die Männer drehten sich abrupt um und eilten auf ihn zu, im ersten erkannte er Ronaldo wieder.

Dieser begegnete seinem verwunderten Blick kalt, beherrscht, der sanfte Klang in seiner Stimme war verschwunden: »Runter, dreht ihm den Kopf nach unten, richtig herunter.«

Die Männer an seiner Seite beugten sich über den Kofferraum, zogen Meisner heran und drehten seinen Körper he-

rum, er verstand es nicht – dieser chemisch-süßliche Geruch, schon wieder.
»Er wird wach«, sagte einer der Männer, Meisner hörte Ronaldos Befehle: »Spürt er das? Ich will, dass er es spürt. Weiter runter, dreht ihn. Nach rechts. Er soll alles mitbekommen, alles.«
»Er beobachtet uns«, sagte der Mann.
»Soll er, gut. Dreht ihn weiter.«
»Das wird ihn mitnehmen.«
»Gut. Dann hat er's hinter sich. Noch einmal, ja, so. Fertig?«
»Ja.«
»Wunderbar.«
Meisner lag jetzt auf dem Bauch, Ronaldo zog eine großkalibrige Pistole aus der Jackentasche, Meisner hörte nur die kalte Stimme, seine Muskeln zogen sich zusammen.
»Festhalten. Wo ist der Nacken? Gut, richtig festhalten«, sagte Ronaldo.
Der Abzugshahn knackte leise. Er hielt die Pistole über den Kofferraum, zielte kurz, sprach dann deutlich: »Alles in allem, Herr Meisner, haben Sie sich ganz wacker geschlagen. Es war mir eine Ehre. Nun, wie war das, die Hoffnung stirbt zuletzt; in solchen Situationen denkt man ja immer, dass man doch noch in letzter Sekunde gerettet wird, dass irgend so ein toller MI5-Agent oder irgendwelche Hightech-gepanzerten Spezialeinsatzkräfte einen da raushauen, wie man so sagt. Oder ich Sie unter dramatische Laserstrahlen lege, die sich langsam und tödlich Ihren Genitalien nähern, so etwas. Oder ich setze Sie angekettet einem bedrohlich steigenden Hochwasser aus, oder ich reibe Sie mit Tierfett ein und öffne den bis dahin unsichtbaren Schacht zur Gruft einer Schwarzen Mamba. Oder ich diskutiere endlos mit Ihnen mit vorgehaltener Waffe, die Sie mir dann aus der Hand schlagen können.

Nur, damit Sie dann in letzter Sekunde doch noch entkommen können, wie im Film eben. Aber wissen Sie was, Herr Meisner? Ich werde all das nicht tun. Ich werde Ihnen ganz einfach eine Kugel durch den Kopf schießen. Jetzt.«
Der Schuss hallte gegen die Wände der Halle, irre griff er sich an den Kopf, suchte das Einschussloch, suchte die Nässe des Blutes vor sich auf dem Tisch, fragte sich, warum er das noch tun konnte, tot, mit einer Kugel im Kopf, er schrie, immer wieder fuhr es ihm rhythmisch aus der Brust, er schrie –
»Herr Meisner?«
Er schrie weiter, hieb dabei mit den Fäusten auf den Tisch.
»Herr Meisner, bitte.«
Das Schreien verebbte, röchelnd öffnete er die Augen und sah Ronaldo vor sich.
»Herr Meisner, alles ist in Ordnung. Sie haben geträumt.«
Wirr blickte Meisner ihn an, rieb sich mit den Händen durch das Gesicht, fuhr sich tastend über den Hinterkopf.
»Sie haben nur geträumt. Machen Sie sich keine Sorgen, Sie sind unversehrt. Das ist nur die Aufregung.«
Erleichtert nahm Meisner die jetzt wieder sanfte Stimme wahr und blickte hoch, er hörte sich leise das Wort Danke sagen.
Ronaldo blickte ihn freundlich an, strich mit der Hand über seine Schulter, ging dann wortlos zur Tür, hinter ihm rollte der Servierwagen herein. Wie zuvor war dieser reich ausgestattet, neben der Servierglocke konnte Meisner das vertraute Besteck ausmachen, daneben eine Flasche Wein, Gläser, zwei Teller, einen ziselierten Silberkandelaber. Ronaldo griff nach dem Tischtuch und deckte zügig ein, hielt dabei die Gläser hoch und betrachtete sie prüfend. Meisner sah ihm stumm zu und hörte aus der Ferne Musik, bekannte Musik –
Die Hebriden?

Die Hebriden, ja, er hörte sie in sich klingen, ging jeden Ton mit einem leichten Schaukeln mit, beobachtete Ronaldo, wie dieser den Kandelaber platzierte und die Kerzen anzündete. Er lächelte wie gewohnt: »Sie mögen Mendelssohn Bartholdy? Die Ouvertüre. Wunderbar.«
Meisner lauschte der Musik, sah dann an sich herab und fragte sich kurz, ob er auch passend gekleidet war für diese Tafel.
»Keine Sorge, Herr Meisner, Sie sehen gut aus, wie immer. Wo möchten Sie Platz nehmen? Sie haben die Wahl.«
»Ich bleibe hier sitzen.«
»Wie Sie mögen.«
»Was ist mit meinen Fragen?«
»Gerne. Ich werde Ihnen alles beim Essen beantworten.«
»Sie wollen mit mir essen?«
»Wenn Sie meine Gesellschaft nicht stört?«
Meisner nickte kurz, sprach schnell: »Woher wissen Sie diese Dinge? Dass ich Linkshänder bin, all das. Wie kommen Sie an meine Sachen?«
Ronaldo lächelte ohne zu antworten, ging zum Servierwagen, hob die Glocke, füllte fachgerecht die Vorspeise auf zwei Teller und brachte sie hinüber zum Tisch. »Bitte. Gebratene Zucchini mit Trüffelschaum. Sie haben das in der vergangenen Woche in Cannes, im Carlton, gegessen; es hat Ihnen sehr geschmeckt. Erinnern Sie sich?«
»Ja.«
»Danach gab es eine mit Pistazien panierte Dorade. Auch Fräulein Brenner fand es vorzüglich, wie sie Ihnen sagte.«
Meisner starrte ihn an, ihm wurde heiß.
»Sie brauchen sich nicht zu genieren, Herr Meisner. Wir sind hier unter uns. Niemand muss wissen, dass Sie eine Geliebte haben. Um genau zu sein, ist sie ja nur eine von drei Geliebten, zumindest, was die letzten zwei Jahre anbelangt.«

Ronaldo drapierte die Serviette im Knopfloch seines Hemdes und griff zu Messer und Gabel.

»Guten Appetit.«

Meisner starrte ihn weiterhin an, schluckte kurz –

Wenn Karin –

»Machen Sie sich keine Gedanken wegen Ihrer Frau, sie wird nichts davon erfahren, versprochen«, sagte Ronaldo. Er stach einmal kurz mit der Gabel zu. »Es dürfte Sie freuen zu hören, dass wir uns auch in den kommenden Stunden und Tagen auf sehr gutes Essen freuen können. Unser Koch war etwas enttäuscht, als er vernahm, dass Sie in der Regel weder frühstücken noch ein Mittagessen zu sich nehmen, er hätte da exzellente Ideen, wie er sagte. Morgen Abend wird er uns einen wunderbar geschmorten Rinderbraten zubereiten, mit Bacon, Mangold und Lorbeer gefüllt. Dazu gibt es junge Drillinge mit frisch geriebenem Muskat obenauf. Sie wissen doch noch, das Rezept von Ihrer Mutter, sie bereitete es zumeist sonntags zu. Und weil Sie, Ihre Schwester und Ihre zwei kleinen Brüder so versessen darauf waren, hat sie ihn fast jeden Sonntag gemacht, diesen wunderbaren Rinderbraten. Leider haben Ihre Drei-Sterne-Köche nie vermocht, einen solch guten Rinderbraten zuzubereiten, nicht? Aus diesem Grund haben Sie doch Rissault gefeuert, einen Meisterkoch, vor sieben Jahren. Aber wissen Sie, der arme Mann war unschuldig. Er hatte einfach nicht alle notwendigen Informationen. Zum Beispiel wusste er nicht, dass Ihre Mutter, sorgfältig wie sie war, einen bestimmten Anteil der Lorbeerblätter drei Tage lang in einer Essiglake einlegte, bevor sie sie für den Braten verwendete. Ebenso wenig hatte er daran gedacht, dass dieser Braten stets von Rindern des benachbarten Bauern stammte, der über besonders saftige und kernige Wiesen verfügte, die es im nördlichen Wallis zu dieser Zeit noch gab. Kein anderes Fleisch konnte wie dieses schmecken, so wie diese fantastischen walliserischen Rinder Ihrer Kindheit, ist das nicht so? Aber all das morgen, wenn Sie wünschen, können wir die Speisekarte durchaus modifizieren. Jetzt zumindest befinden wir uns in der Gegenwart, bei Ihrem heutigen Geschmack und den Zucchini. Langen Sie ruhig zu. Im Übrigen handelt es sich bei diesem Wein um einen 82er Cheval Blanc. Ein erstklassiger Wein, den Sie mit Frau Brenner immer gerne –«

»Halten Sie das Maul!«

Ronaldo sah ihn erstaunt an: »Ich dachte, Sie haben Fragen?«

»Wer sind Sie?«

»Ich bin jemand, der sehr gut über Sie informiert ist«, Ronaldo legte Messer und Gabel kurz zur Seite. »Wir sind mit jeder Ihrer Handlungen, selbst den intimsten, seit mehr als fünf Jahren bestens vertraut, ich denke, dass unsere Observation lückenlos war.«

Meisner schwieg und stocherte mit der Gabel im Essen. Ronaldo tupfte sich kurz den Mund ab. »Ihre Garderobe ist von links nach rechts geordnet, den dritten Smoking von links mögen Sie nicht, und Sie regen sich jedes Mal darüber auf, dass Ihr Hausmädchen, Edith, 23, geboren in Südengland, brünett und etwas scheu, diesen nicht wie angewiesen wegwirft. So geschehen vor vier Tagen, am Samstag, kurz vor 18.00 Uhr, als Sie zum Empfang der Heyworth Corporation flogen. Ihr Jet hatte einen Fahrwerkschaden, darum nahmen Sie eine Linienmaschine und kamen erst verspätet an. Aber bleiben wir bei Ihrem Haus. Ihr privater Flügel erstreckt sich über eine Länge von 175 Metern von West nach Ost und grenzt an die römischen Arkaden, die den Abschluss zum Park bilden, sehr praktisch, von daher haben Sie aus Ihrem Arbeitszimmer einen besonders schönen Blick ins Grüne. Daneben befindet sich Ihr Badezimmer mit der separaten Toilette, Sie benutzen ein Rasierwasser der Marke Mineral Sport Royal, das Toilettenpapier ist mit blauen Lilien bedruckt, die Handtücher befinden sich in einem Holzschrank unter dem Waschbecken. Sollte ich erwähnen, dass Sie am vergangenen Mittwoch einen krampfartigen Durchfall hatten? Aber weiter: Hinter dem Bild Ihres Vaters, in der Lounge neben der Halle, befindet sich ein kleiner Haustresor, dessen Zahlenschlosskombination RT-567390878990-M lautet. Darin lagen gestern Schecks über 11.200 US-Dollar und sechs unterschriebene Bankverfügungen auf den Namen Ihrer Frau. Seien Sie sicher, dass sie auch jetzt noch dort liegen. In Ihrem Nachtschränkchen, das zur Linken Ihres Bettes steht, verwahren Sie ein kleines, stets aufgeklapptes Schweizer Taschenmesser, das kaum mehr als einen Placeboeffekt zur Abschreckung möglicher Einbrecher haben dürfte. Überhaupt sind Sie ängstlich, was Ihr Haus anbelangt; die Alarmanlage steht der in Fort Knox in nichts nach, Sie verfügen über zwei hochprofessionelle Leibwächter und einen durchtrainierten Hauswart, zudem befindet sich das Haus in einer ausgedehnten Sicherheitszone mit Radar- und Videoüberwachung, insgesamt ein Terrain von 23.000 Quadratmetern, inklusive der Flächen Ihrer Pferdezucht, abgesehen von der Schutzzone auf dem See.«

»Und da haben Sie mich rausgeholt«, sagte Meisner. »Das gibt's nicht, das kann man nicht.«

»Wir hätten Sie überall aufgabeln können, wenn ich das mal so salopp ausdrücken darf. Ihr Haus schien uns aber der geeignete Platz dafür zu sein. Sie haben mit Ihren Sicherheitsvorkehrungen selbst dafür gesorgt, dass keine Hilfe kommen konnte.«

»Sie konnten doch nicht durch die Sperren!«

»Wir konnten, wie Sie jetzt feststellen müssen.«

»Aber wie?«
Ronaldo tupfte sich erneut den Mund ab. »In einem Artikel des Jahres 2007 der Washington Post beantworten Sie die Frage nach der Formel für Ihren finanziellen Erfolg damit, dass aller Reichtum immer auf ganz besonderen Informationen beruht. Wir haben uns strikt an Ihren Ratschlag gehalten; wir hatten ganz besondere und gute Informationen.«
Die Wörter *Was meinen Sie?* zischten nur leise aus Meisners Mund.
»Trösten Sie sich. Der Monteursanzug stand mir nicht. Auch befürchte ich, dass unsere Instandsetzung Ihrer Rohre nicht von langer Dauer sein dürfte.«
»Wer –«
»Glauben Sie nicht an Ihre besonderen Informationen, Herr Meisner? Belassen wir es dabei.«
»Hören Sie auf. Ich weiß, was Sie meinen. Und auch wen Sie meinen, hinter all Ihren komischen Worten.«
»Ja?«, fragte Ronaldo aufmerksam.
»Die Chapmans. Sie arbeiten für die Chapmans, das ist es. In mein Haus zu kommen, unbehelligt, und mit mir wieder heraus; das geht eigentlich nicht. Und wenn, dann würde es nur mit sehr viel Geld gehen, allein die Organisation dieser Sache würde schon ein Vermögen kosten, Personal, Zuträger, Mitwisser, die ganze Logistik und das hier, nein, das kann man nur mit sehr viel Geld, mit dem Geld der Chapmans. Die hatten schon mal vor, mich klein zu kriegen.«
»Ich weiß«, sagte Ronaldo. »Aus Rache, Missgunst, denke ich. Sie haben Ihnen viel vor der Nase weggeschnappt. Die besten Kontakte in Dschidda, die SEAT-Tanks für den Balkan, überhaupt waren Sie mit Ihrem guten Gespür immer ein wenig schneller als die anderen. Die hätten allen Grund, schlecht von Ihnen zu sprechen, zumal Ihr Netz-

werk sie nicht zum Zuge kommen lässt, die können einem fast leid tun.«
»Und Sie sind deren Lakaien, Gratulation«, sagte Meisner. »Ich mache Ihnen einen guten Vorschlag, ja?«
»Und welchen?«
»Was auch immer Sie von denen kriegen, ich lege was drauf, 100.000, nein, 200.000, sofort. Und ich verzichte auf eine Anzeige, auf mein Ehrenwort. Dafür lassen Sie mich hier raus, auch sofort. Wir bringen die ganze Angelegenheit jetzt zu Ende, in der nächsten Stunde. Was sagen Sie?«
Ronaldo blickte ihn ruhig an, ein wenig mitleidig: »Es gibt da ein Problem.«
»Was?«
»Ich arbeite nicht für die Chapmans. Ich arbeite für niemanden.«
»Für niemanden? Das glaube ich Ihnen nicht.«
»Es ist so.«
Meisner starrte auf seinen Teller, die Chapmans, das wäre einfach gewesen, vielleicht zu einfach, eine zu simple Erklärung für das hier. Er spürte, dass Ronaldo nicht log.
»Gut, das muss nichts ändern«, sagte er nach einer Pause. »Was wollen Sie, wie viel? Ich gebe es Ihnen jetzt gleich, wenn Sie mich rauslassen. Und keine Anzeige, nichts, wir vergessen das alles hier. Ich betrachte es, sagen wir, einfach als –«
»Na, sagen wir, als einen Langstreckenflug in der ersten Klasse. Frankfurt–Sydney, da kann man ebenso wenig heraus.«
»Gut, dann Frankfurt–Sydney, wir vergessen es einfach, o. k.? Was fordern Sie von meinen Leuten? Ich leg was drauf, dafür beenden wir alles, jetzt und hier.«
Ronaldo stach wieder in die Zucchini, schnitt sich ein Stück ab und aß es bedächtig. Das obligatorische Betupfen des Mundes mit der Serviette blieb diesmal aus.

»Was wir fordern? Nun, 10 Milliarden.«

Stille. Nur Ronaldos Besteck machte leise Geräusche auf dem Teller, während er weiteraß. Meisner sah auf diese feingliedrigen Hände, die Messer und Gabel umgriffen, und er konnte nur eines denken: »Sie sind verrückt.«

Sein Gegenüber antwortete nicht.

»Dollar?«, fragte Meisner.

»Dollar.«

»Sie sind verrückt.«

»Für 10 Milliarden Dollar bin ich auch gerne verrückt«, bemerkte Ronaldo.

»Sie sind doch so ein Witzbold, machen Späße, so etwas. Passen Sie auf, ich gebe Ihnen eine Million, gleich sofort, da draußen. Sie verbinden mir die Augen oder sonst was, dann fahren wir zu meiner Bank, ich hebe das Geld ab, gebe es Ihnen und Sie gehen. Niemand wird Sie verfolgen, ich werde nichts unternehmen, mein Ehrenwort. Ihr Aufwand dürfte sich damit gelohnt haben.«

»Keinesfalls. Sie haben eben ja schon festgestellt, dass die Organisation dieses Projektes sehr kostenintensiv gewesen sein dürfte. Damit haben Sie absolut recht.«

»Gut. 2 Millionen. Das gleiche Ehrenwort.«

Ronaldo lächelte weiter: »10 Milliarden.«

»Sie wissen, dass das nicht geht. Das ist doch Blödsinn. Ich gebe Ihnen 3 Millionen, was ist damit?«

»Sie sollten mich nicht für käuflich halten.«

»Ein Kidnapper, der nicht käuflich ist? Überlegen Sie mal, was Sie mit 3 Millionen alles machen könnten, Sie könnten sich fast alles kaufen. All das, was Sie schon immer haben wollten, ein großes Haus, eine Yacht, Frauen. Könnten Sie alles haben, gehen Sie nur jetzt da mit mir raus.«

Ronaldo legte Messer und Gabel beiseite. »Ich habe bereits mehr als all das. Bei weitem mehr.«

»Was meinen Sie?«

»Unsere Rollenverteilung ist simpel, Herr Meisner, Sie sind superreich, ich hingegen bin nur sehr reich.«
»Was?«
»Mein Vermögen kann mit Ihrem natürlich nicht wetteifern, aber es kann sich sehen lassen. Insgesamt liegt es noch bei 85 Millionen Dollar. Leider schlugen die Kosten Ihrer Entführung doch sehr zu Buche.«
Meisner sah ihn jetzt fest an, hatte er da ein leichtes Zucken in Ronaldos Gesicht gesehen? Ein Verrückter, ganz sicher ein Verrückter. Er erinnerte sich an eine psychoanalytische Studie, die er vor einigen Jahren gelesen hatte; Menschen, die von sich behaupteten, sehr viel Geld zu haben, litten in der Regel an Störungen ihres Selbstbewusstseins, die Angabe ihres fiktiven Vermögens kam somit quasi einer mentalen Geschlechtsvergrößerung gleich, bedauernswerte Kreaturen. In der Firma hatten sie sich über den Text kaputtgelacht, er hatte lange auf allen Schreibtischen gelegen.
»Glauben Sie mir, es ist zwar schwer, aber trotzdem möglich, jenseits Ihrer Netzwerke in dieser Welt reich zu werden«, sagte Ronaldo.
»Mit 85 Millionen müsste ich Sie kennen.«
»Nein. Ganz sicher nicht. Aber jeder auf dieser Welt kennt Sie. Wollen wir das noch einmal festhalten? Sie, Herr Meisner, sind mit einem persönlichen Vermögen von 46 Milliarden Dollar der viertreichste Mann dieser Welt.«
»Der Fünftreichste«, korrigierte Meisner.
»Nein. Seit Key Electrics vor zwei Tagen zulegte, sind Sie Herrn Beavon um 12 Millionen voraus. Und damit der Viertreichste.«
»Das wusste ich nicht.«
»Können Sie auch nicht. Der Kurs wird erst morgen gezeichnet.«
»Und Sie wissen das?«

»Es ist so.«
Die Antwort klang ebenso gelangweilt wie sicher, sie ließ keine Zweifel aufkommen; so sprach man, wenn man die Wahrheit auf seiner Seite wusste; Meisner rieb sich nervös die Hände: »Sie sind also reich. Und wollen meine 3 Millionen nicht. Das soll ich Ihnen glauben?«
»Sie können es glauben. Es ändert ohnehin nichts an dem weiteren Verlauf dieses Projektes.«
»Ach ja, die 10 Milliarden«, sagte Meisner. »Jetzt nehme ich einmal an, dass es stimmt, dass Sie wirklich Geld haben, einer von uns sind. Gerade Sie müssten dann doch wissen, dass man eine solche Summe nicht einfach bewegen kann. 10 Milliarden, was stellen Sie sich vor? Meinen Sie, ich buche die so einfach von meinem Konto ab, so schnipp, ja? Und überweise Ihnen das dann auf die Caymans oder sonst wohin? Das ist fest, das lässt sich nicht bewegen.«
»Keine Angst, wir haben nicht vor, Sie so lange hierzubehalten«, beruhigte ihn Ronaldo, der süffisante Unterton in seiner Stimme war nicht zu überhören. »Sie müssen sich genau drei Tage gedulden, das heißt, von jetzt an noch zwei Tage. Dann endet unser Ultimatum.«
»Ein Ultimatum für 10 Milliarden Dollar? Das kriegen Sie nie! Sie wissen, dass das unmöglich ist! Sagen Sie mir die Wahrheit.«
»Ich habe bislang jede Ihrer Fragen ehrlich beantwortet.«
»Sie werden dieses Geld nicht kriegen. Was werden Sie dann tun? Mich umbringen?«
Meisner fuhr sich kurz über die Unterarme, er hatte eine Gänsehaut. Ronaldo übersah das: »Das könnte sein. Stellen Sie sich vor, dass wir Ihnen sehr, sehr viele Gewebeproben entnehmen, immer ein Zwei-Zentimeter-Quadrat, eines nach dem anderen, und alles per Post an Ihren Vorstand schicken. So lange, bis Sie vollständig und in Teilen

wieder zurück in Ihrer Firma sind. Sie sollten jetzt wirklich die Zucchini probieren. Sie sind hervorragend.«
Wieder bekam er Gänsehaut. Meisner verspürte einen Druck in der Brust, das Atmen fiel schwerer, er fühlte eine Hitze in den Schläfen, wie sich die Atemwege zusammenschnürten. Er versuchte, Haltung zu bewahren, dennoch zitterte seine Stimme: »Sie meinen das doch nicht. Sie sind viel zu galant für einen Mörder. Sie sind absolut wahnsinnig, das ist es, Sie sind wahnsinnig.«
»Sie haben Angst um Ihr Leben, jetzt, nachdem Sie die Ablösesumme kennen. Vorher hatten Sie diese Angst nicht, stimmt's? Ich sage Ihnen jetzt, dass wir zu hundert Prozent von einem Erfolg dieses Projektes ausgehen, darum stellt sich die Frage nach Ihrer Ermordung nicht wirklich. Es gibt laut unserer Berechnungen kein Risiko, Ihre Leute werden zahlen.«
Meisner bemühte sich, nicht zu schreien: »Aber wie denn, verdammt? Das Geld ist nicht flüssig, niemals.«
»Herr Meisner, muss ich Sie wirklich an Ihre eigene Erfindung erinnern? An Ihr Black Budget? Es umfasst ziemlich genau 10 Milliarden Dollar und ist innerhalb von 24 Stunden abrufbar. Und? Dämmert da nichts?«
»Woher wissen Sie davon? Nur Bohm –« Er stockte. »Dieses Geld ist für Katastrophen hinterlegt.«
»Genau, für konzerninterne Katastrophen. Das hier ist so ein Fall. Sie, als Kopf und Gründer, sind nicht mehr da. Ohne Ihre Entscheidungskompetenz steht alles still. Das nenne ich eine Katastrophe von enormen Ausmaßen; es ist vollkommen berechtigt, dieses Geld für Ihre Freilassung zu fordern.«
»Aber Sie haben keinen Zugriff auf solche Dinge!«
Ronaldo sah an die Decke, dann nahm er mit spitzen Fingern einen Krümel von seinem Teller. »Ich habe ihn mir beschafft.«

Er schwieg kurz, fuhr dann fort: »Wir haben Ihren Vorstand bereits auf das Black Budget hingewiesen und die nötigen Instruktionen erlassen. Ihre Instruktionen, wenn Sie so wollen. Ihr Vorstand ist nun in der Lage, dieses Geld zu bewegen. In Hundertern.«

Meisner starrte Ronaldo wieder ungläubig an, seine Angst verflog sofort. Er lächelte: »Sie wollen das Geld cash?«

»Ja, natürlich.«

Erlöst stand Meisner auf und lachte: »Ein Wahnsinniger. Sie haben nicht alle beisammen, mein Gott, Sie sind ja vollkommen durchgeknallt. Unglaublich. Haben Sie eine Ahnung, wie viel 10 Milliarden Dollar sind, in Hundertern? Wie viele Tonnen an Geld das sind?«

Ronaldo blieb ruhig. »Wenn Sie wollen, kann ich Ihnen das exakte Gewicht nennen.«

Meisner lachte weiter: »Was stellen Sie sich denn vor? Da fährt ein Lastwagen, oder besser hundert Lastwagen, zur Bank, die laden das Geld ein und dann bringen die Ihnen das vorbei, ja? Direkt frei Haus? Die Übernahme ist wohl bestens organisiert, da kommen dann wiederum Ihre hundert Lastwagen, man packt das Geld um, gibt sich einen Handschlag und das war's? Sie sind krank, absolut krank. Junge, soviel ich weiß, fliegen die meisten Entführungen bei der Geldübergabe auf. Jetzt stellen Sie sich mal eine solche Geldübergabe vor. Diese Lastwagen würden observiert werden, egal wohin sie fahren, von Hundertschaften der Polizei. Am Zielort hätte man Scharfschützen postiert, alles wäre videoüberwacht, ein hermetischer Kreis gezogen, solch eine Geldübergabe wäre gar nicht möglich. Ganz abgesehen davon, dass man fast alle Entführer dabei geschnappt hat. Oder dann später, wenn sie sich von ihrem Geld was kaufen wollten. Nehmen Sie besser meine 3 Millionen, die sind real, diese 10 Milliarden sind es nicht, niemals.«

Meisner dachte an diese Lastwagen voller Geld, mit Bündeln an Hundertern, wie sie über staubige Straßen fuhren, im Sonnenuntergang, dem Licht entgegen, und wieder musste er lachen. Ronaldo sah ihn dabei durchdringend an: »Doch. Sie werden übermorgen sehr real sein. Im Übrigen denke ich nicht, dass man mich bei der Übergabe oder später verhaften wird.«

»Ja? Und warum nicht?«

»Weil es keine Übergabe geben wird.«

Meisner hörte auf zu lachen: »Nur weiter.«

Ronaldo nahm einen weiteren Krümel vom Teller, hob die Hand und ließ ihn fallen. »Ihre Leute werden das Geld in losen Scheinen in 25 B-3-Lasthubschrauber verladen lassen, die es dann an einer von uns definierten Stelle im Atlantik über dem Meer abwerfen werden.«

Meisner brauchte einen Moment, um das Gesagte zu verstehen.

Ronaldo ließ einen weiteren Krümel fallen. »Sie haben richtig gehört. Ihr Geld wird über dem Meer abgeworfen. Genauer gesagt, liegen die Koordinaten nordöstlich von Brasilien, das Wasser ist dort wegen des Golfstromes besonders strömungsaktiv.«

Noch immer verweigerte sich Meisners Verstand: »Warum sagen Sie das?«

»Damit Sie wissen, dass Ihr Geld nicht nur sehr nass, sondern auch vernichtet wird. Innerhalb weniger Stunden.«

Sie starrten sich schweigend an. Meisners Blick fiel auf den Krümel auf dem Tisch, auf Ronaldos feingliedrige Hände, er lehnte sich zurück, konnte nicht denken. Ein eigentümliches Vakuum verlangte seinen Platz; das Blut hämmerte in den Adern seiner Schläfen, trieb ihm die Röte ins Gesicht und ließ ihn wieder schwer atmen. Ronaldo war keine Regung anzusehen, aufmerksam betrachtete er Meisner und wartete mit dem nächsten Satz: »Darf ich zur Seite

räumen? Wir sollten uns jetzt einmal um Ihr Croix de Bœuf kümmern, was meinen Sie?«
Er stand auf, ging hinüber zum Servierwagen; die Glocke schwebte ein paar Zentimeter nach oben, verharrte wartend in der Luft.
»Wirklich, ein sehr besonderes Fleisch, Sie werden sehen.« Mit wenigen Handgriffen schnitt er den Braten an, drapierte die Scheiben halbmondförmig auf den Tellern und gab die Soße und dekorative Physalis hinzu. »Bitte sehr.«
Meisner fühlte kurz an seinem angewärmten Teller. »Ronaldo, der Fußballheld aus Brasilien, ja? Ihr Märchen da, das ist ganz witzig. Aber Sie haben eine Art, die mich irritiert. Einen Moment lang dachte ich, dass Sie das wirklich ernst meinen.«
»Es ist genau so real oder irreal, wie Sie hier sitzen und von diesem Teller essen.«
»Nein!«
»Doch. Es tut mir leid.«
»Man wird Sie kriegen!«
»Sie haben eben doch bereits aufgezählt, wie man Entführer fängt: bei der Übergabe des Lösegeldes einerseits oder beim Ausgeben desselben andererseits. Wie Sie nun bemerkt haben, ist in diesem Fall beides nicht möglich. Überhaupt stellt sich da eine ganz spannende Frage; ist ein Verbrechen ohne Eigennutz denkbar? Werden Verbrechen begangen, ohne dass der Verbrecher etwas davon hat, sagen wir, persönlich etwas davon hat? Gibt es das altruistische Verbrechen, oder ist das bereits ein Widerspruch in sich? Sie schweigen? Ich gebe Ihnen recht, es ist vollkommen paradox.«
Der Kerl ist wahnsinnig, wahnsinnig, nur wahnsinnig.
»Warum bin ich wahnsinnig, wenn ich eher an Geldvernichtung als an Geldvermehrung denke? Im Wahn sind

wir häufig anständiger als bei vollem Verstand, Herr Meisner.«
»Wie passt das zusammen?«, fragte Meisner spitz. »Sie sind reich, sogar sehr reich, das haben Sie doch eben gesagt. Warum sollte ein Reicher einen anderen Reichen dazu nötigen, sein Geld zu vernichten? Ohne Eigennutz? Das glaube ich Ihnen nicht, Sie haben doch etwas vor. Was passiert, wenn Sie meine Milliarden versenken?«
»Es passiert Erhebliches.«
Für einen Moment verlor Meisner die Beherrschung, er schlug hart auf den Tisch: »Das meine ich. Haben Sie Aktien von uns? Fonds? Sicher, das ist es, Sie verkaufen die dann auf dem Markt, stimmt's? Wohl jetzt schon. Und nach Ihrem Event kassieren Sie ab, richtig? Wie viele haben Sie?«
Ronaldo lächelte weiter: »Aktien? Einige, breit gefächert, aber nicht von Ihnen. Das Fleisch ist ausgezeichnet, oder was sagen Sie?«
»Es ist hervorragend.«
»Besser als gewohnt?«
»Besser.«
Ronaldo schnitt sich ein kleines Stück Fleisch ab und saugte genüsslich daran. »Sehen Sie, ich habe es Ihnen gesagt. Der Koch ist ein Meister seines Fachs.«
»Sie haben keine Fonds?«
»Nein.«
»Und Sie handeln nicht?«
Ronaldo lachte kurz: »Mit echtem Geld? Das ist doch viel zu schön dafür, aufwendig bedruckt mit eingelassenen Glitzerfäden, die herrlichen Farben, all das. Es wird ein wunderbarer Anblick sein, die Scheine vom Himmel fallen zu sehen. Das Sonnenlicht wird sich an ihnen brechen und sie leuchten lassen, bis sie auf die Gischt der Wellenkämme treffen. Der Golfstrom wird sie einige Sekunden

lang durcheinanderwirbeln, dann schließlich tief nach unten in die See ziehen und sie in seinen ewigen Fluss um die Welt einbinden. Ihre Scheine haben eine lange Reise des Sterbens vor sich, Herr Meisner.«

»Ein Poet, ja? Sie Scheißer.«

»Danke.«

»Was erhoffen Sie sich davon, wenn Sie schon persönlich nichts davon haben? Ich kann verstehen, wenn Sie mich schädigen wollen, da sind Sie nicht der Einzige, das können Sie mir glauben. In der Tat schädigen Sie mich, ja. Aber Sie schädigen mich nicht so sehr, wie Sie vielleicht glauben. Der Verlust mag ein Rückschlag sein, aber er ist reparabel, in einigen Jahren haben wir das wieder drin. Wenn all das wahr ist, was Sie mir hier erzählen, begehen Sie einen riesigen Aufwand für einen letztlich sehr geringen Erfolg. Für einen billigen Terroristen, denn für den halte ich Sie, haben Sie damit kaum etwas erreicht. Wenn Vernichtung Ihr Ziel ist, dann haben Sie damit sehr wenig vernichtet. Und trotzdem wird man Sie jagen, Ihr Leben lang.«

»Wen wird man jagen?«

»Sie.«

»Wen genau?«, fragte Ronaldo. »Ich sage es Ihnen: Man wird einen normal großen und braunhaarigen Mann mittleren Alters jagen; einen Mann mit durchschnittlichen Gesichtszügen ohne größere Auffälligkeiten. Den wird man jagen, ja. Meinen Sie den?«

Er saugte wieder an einem Stückchen Fleisch, den Blick fest auf Meisner gerichtet: »Aber kommen wir zurück zu meinen Erfolgsaussichten. Ich gebe Ihnen vollkommen recht, Ihre 10 Milliarden sind alles andere als lohnenswert und rechtfertigen kaum den Aufwand. Aber was halten Sie von 300 Milliarden?«

»Was soll das?«

»Sagen Sie, was halten Sie von der Zahl?«
»Nicht schlecht«, sagte Meisner.
Ronaldo schnitt einige weitere Tranchen Fleisch ab und drapierte sie nebeneinander auf dem Teller. »Ich nenne sie ausreichend. Ausreichend für unsere Zwecke. Wie viele dieser 10 Milliarden passen in 300 Milliarden?«
»Dreißig.«
»Exakt.«
»Und?«
Ronaldo zerteilte die Fleischstückchen in mehrere kleinere Einheiten und zählte nach. »Wir haben dreißig von Ihnen.«
»Sie spinnen.«
»Nein, Herr Meisner, nein. Sie und neunundzwanzig weitere Ihrer Kollegen sind in unserer Gewalt, wie man im Jargon des Kidnappings so schön sagt. Sie sind ähnlich untergebracht wie Sie hier, mit allen Annehmlichkeiten, sie werden zu dieser Zeit gerade ihr jeweiliges Leibgericht zu sich nehmen und mit ihrem jeweiligen Betreuer ein ebenso nettes und vergleichbares Gespräch wie wir hier führen, nehme ich an.«
Wieder hörte Meisner die Musik in seinen Ohren, sehr leise, Die Hebriden, – entspannend, einen Moment lang glaubte er, die Gischt des Meeres sehen zu können; er zuckte zusammen: »Mit ihren Betreuern?«
»Richtig, mit ihren Betreuern. In Ihrem Fall bin ich Ihr Betreuer.«
Meisner klopfte ein weiteres Mal auf den Tisch, stand auf, ging umher und lachte. »Junge, Sie sollten den Beruf wechseln. Kidnapper, das ist doch nichts für Sie. Gehen Sie ins Kreative, Sie kriegen jeden Job bei mir. Einer, der so etwas erzählen kann, der kann auch noch andere Dinge, oder? Da haben Sie also dreißig Milliardäre entführt, die sitzen in Ihren Kellern und haben alle einen Betreuer, mit dem sie etwas Tolles essen. Heißen die auch Ronaldo?«

»Nein. Das hängt von den entsprechenden Koordinaten des Abwurfs ab, sei es im Atlantik, im Pazifik, vor der angolanischen Küste, oder bei Hawaii, und so weiter. Ihr Kollege Allison zum Beispiel wird seine 10 Milliarden im Indischen Ozean abwerfen lassen müssen.«

»Und sein Betreuer?«

»Tagore. Aber unsere Bezeichnungen sollten Sie nicht verwirren, sie sind rein fiktiv. Im Übrigen können Sie das später der Presse entnehmen. Wesentlich ist, dass übermorgen 300 Milliarden Dollar dem Geldkreislauf entzogen werden und in die Tiefen der Meere eintauchen.«

»Und Sie behaupten, dass Sie über alle dreißig genauso Bescheid wissen wie über mich?«

»Ich? Nein, diese Aufgabe wäre viel zu groß für einen Einzelnen. Es war die individuelle Aufgabe der Betreuer, sich jeweils um das eigene Schäfchen zu kümmern. Nebenbei bemerkt sind auch sie äußerst vermögend.«

»Die haben auch jeder ihre 85 Millionen?«, fragte Meisner und grinste.

»Sehr unterschiedlich, manche haben mehr.«

»Und welche dreißig Herren haben Sie?«

»Die komplette Elite, Sie kennen sie ja, Melton, Beavon, Allison, Ambrecht, Fringer, Naija, Bin Talar, eigentlich jeden aus der oberen Etage. Ab einem Black Budget von 10 Milliarden. Sie sehen, manche geheime Erfindungen sind unter Ihresgleichen doch recht populär.«

Meisner ging lachend auf und ab. Ronaldo verfolgte seine Schritte aus den Augenwinkeln: »Können Sie sich nicht vorstellen, dass ich Ihnen hier nur die Wahrheit erzähle?«

»Nein, beim besten Willen nicht.«

»Und was machen Sie, wenn es wahr ist?«

Meisner blieb stehen. »Dann könnte ich mich dazu entschließen, entsetzt zu sein.«

»Dazu haben Sie allen Grund. Wir sprechen über nichts

anderes als über den baldigen Untergang Ihrer Spezies. Ist Ihnen der Sinn und Zweck unseres Handelns wirklich nicht nachvollziehbar? Setzen Sie das Puzzle zusammen, und Sie werden sehen, dass wir in vollendeter Logik handeln, nicht mehr und nicht weniger. In gewisser Weise sind Sie das Opfer eines der niederträchtigsten Verbrechen, das diese Welt je gesehen hat.«

»Schön gesagt«, grinste Meisner.

Ronaldo nahm ein weiteres Stück Fleisch mit der Gabel auf, saugte wieder leicht daran. »Das sollte Ihnen zu denken geben.«

»Ich glaube Ihnen nicht«, sagte Meisner, seine Stimme bebte jetzt. Ronaldo legte das Stück Fleisch zurück, ausgesaugt: »Entschlossenheit und selbstlose Radikalität sind Waffen, gegen die Sie kein Mittel haben. Nennen Sie es Terrorismus, ich nenne es wirkungsvoll.«

Meisner sah Ronaldo vor sich, ruhig, eine Gelassenheit ausstrahlend, die ihn wieder schnell atmen ließ: »Sie meinen es wirklich ernst. Zumindest wollen Sie es versuchen.«

»Der Erfolg ist garantiert. Wir haben alle dreißig.«

»Wer weiß davon? Jetzt?«

»Bis zum Abwurf wird niemand davon wissen. Danach wissen es alle.«

Meisner dachte schnell nach –

Die Kurse –

»– werden fallen«, sagte Ronaldo. »Sehr tief fallen. Aber, wie Sie schon richtig sagten, nicht irreparabel. Nach einigen Wochen wird der Spuk vorbei sein. Es wird nicht einmal einen Schwarzen Freitag geben, sondern nur einen sonnigen Samstagvormittag.«

»Und was haben Sie dann gewonnen?«

»Wir haben der Welt gezeigt, dass Ihre Macht, dass alle Macht eine physische ist, dass sie damit eine zerstörbare

und transparente Macht ist. Ihre Art von Macht wird ausgedient haben. Macht Ihnen das Angst?«
Meisner schwieg.
»Macht Ihnen das Angst?«, wiederholte Ronaldo die Frage.
Meisner zitterte, nickte leicht. Ronaldo stand auf: »Zu Recht, das sollte es.«
Er öffnete die Tür und blickte auf den jetzt bebenden Meisner: »Leider muss ich mich verabschieden, morgen wird ein anstrengender Tag. Wir sehen uns um sieben, zum Schmorbraten? Falls Sie Wünsche haben, klopfen Sie einfach, man wird Ihnen dann helfen. Ich wünsche Ihnen eine entspannte Nacht, schlafen Sie wohl.«
Die Tür öffnete sich langsam, schien auf ihn zu warten, schloss sich dann hinter seinem Rücken.

4.

Meisner versuchte, das Gehörte zu verstehen. Unter normalen Umständen hätte er eine solche Geschichte als einen Witz, wenn auch einen gelungenen, abgetan, doch seine Zweifel an dem, was Ronaldo gesagt hatte, ließen nach; dieser Raum war real, selbst Ronaldo war real, alles war zu komplex, als dass es eine simple Erfindung hätte sein können. Es lag etwas Tieferes, sehr Ernstes hinter all diesen Worten, das ihn zunehmend nervös machte. Er versuchte, es sich bildlich vorzustellen, diese Hubschrauber, über dem Meer, der Abwurf des Geldes, seines Geldes, das war irreal, ein Bild des Absurden. Müde lehnte er sich zurück, es war anstrengend, entführt zu werden; er lächelte bitter über diesen Blödsinn: anstrengend, entführt zu werden, genau, es war anstrengend, das Absurde verstehen zu wollen. Die Augen fielen ihm zu. Es lag etwas Vertrautes in den Gebärden Ronaldos, in diesen - Händen, wie sie Messer und Gabel umgriffen, so vollkommen akkurat, fast schon - lyrisch.

Er hatte diese Hände schon einmal gesehen, in Paris, im Bristol; jemand hatte neben ihm gesessen, in der Empfangshalle, auf der Couch -

Er blinzelte, es half nichts. Die Gedanken wälzten sich schwer wie Steine durch sein Hirn, stießen zusammen, erzeugten einen metallenen Klang.

Abrupt stand er auf, zog den Anzug zurecht und ging den Gang hinunter bis zum Aufzug. Die Schiebetür öffnete sich, er trat ein, drückte die 30 und fuhr hoch. Im Spiegel korrigierte er wie gewohnt seine Krawatte und blickte an sich herab, er sah gut aus, so wie immer, wie jemand, vor dem man Achtung hatte, Achtung haben musste.
Die Tür öffnete sich, er trat hinaus. Vor ihm befand sich eine Glaswand, wie in allen Etagen mit einem einzelnen stahlblauen Quadrat, dem Logo seines Konzerns, versehen. Er zog wieder an seiner Krawatte und ging durch das Glas in das Foyer. Wie immer saßen die Empfangsdamen dort und telefonierten. Er empfand es als angenehm, dass sie ihn nicht sahen, so ersparte er sich ihre ausladenden morgendlichen Grüße. Neben ihrem Counter hatte man einen Weihnachtsbaum aufgestellt, die Dekoration war ihm zu barock, weniger wäre mehr gewesen, kopfschüttelnd ging er weiter in Richtung seines Büros. Im Vorzimmer saß Brigitt, ebenfalls telefonierend, wie immer tippte sie dabei mit einem Kugelschreiber auf den Schreibtisch. Amüsiert fuhr er mit der Hand durch den Bildschirm vor ihr, sie sprach konzentriert weiter; sehr gut, dachte er, Brigitt war einfach die gute Seele der Abteilung. Die Tür zu seinem Büro war noch verschlossen, er glitt durch sie hindurch, blieb stehen und schaute sich einen Moment lang um. Alles sah vertraut aus, die Möbel standen auf ihrem angestammten Platz, der Schreibtisch war aufgeräumt und die Fenster frisch gereinigt. Er trat heran und blickte hinunter auf die Stadt, auf die benachbarten Gebäude und den dahinterliegenden verschneiten Taunus; er liebte diesen Blick. Sein Sessel sah einladend aus, er setzte sich kurz, fuhr dabei spielerisch mit den Fingern über den Schreibtisch. Das könnte jetzt ein ganz normaler Tag sein, dachte er, ein Tag wie immer, mit kleinen und großen Geschäften, mit kleinen und großen Geschehnissen, ein Tag, an den

man sich später kaum erinnern würde. Was verpasste er hier eigentlich?
Der Monitor neben dem Telefon zeigte an, dass der Konferenzraum besetzt war, das war für diese Zeit ungewöhnlich, es machte ihn neugierig. Er ging wieder in Brigitts Büro, wischte im Vorbeigehen mit der Hand durch ihren Rücken und folgte dem Gang bis vor den Konferenzraum; er passierte die Tür und trat ein, an einer Ecke des Tisches saßen Bohm und Jansen. Die Atmosphäre wirkte bedrückend, beide schwiegen.
Meisner zog sich einen Stuhl heran und blickte von einem zum anderen, sie starrten lange auf einen Aktenordner vor ihnen. Bohm brach schließlich das Schweigen und klopfte auf den Ordner:
»Positiv. Es ist also seine DNA. Der Befund lässt keinen Zweifel.«
Jansen sah ihn ernst an und bemerkte, dass es offenbar Profiarbeit gewesen war, sein Haus sei ja nicht irgendeines, sondern eher ein Hochsicherheitstrakt, allein schon durch die umgebende Schutzzone, das Personal, all das. Bohm nickte, das sei schon fast unheimlich. Beide schwiegen erneut, Jansen blätterte in dem Ordner, so, als ob es die Lage verändern würde: »Und die Forderung? Genauso. Das sind Verrückte. Terroristen.«
Bohm blickte besorgt, genau deshalb dürften sie jetzt keine Fehler machen, man müsse alles genau durchdenken.
Meisner lehnte sich nach vorne, Jansens Blick ging ausdruckslos durch ihn hindurch; man könne das Geld schon rauseisen, sagte er, dafür habe der Alte ja gesorgt, man bräuchte nur ihre Unterschriften und die von Singh und Marley, dann sei das Geld da.
Bohm stand schwerfällig auf, genau das meine er ja mit durchdenken, genau das. Sie müssten auch das Kommende

sehen, was zum Beispiel mit den Kursen wäre, das sei das Wichtigste.
»Das Wichtigste?«, wiederholte Jansen knapp.
»Ja. Das überleben wir nicht, keiner hier, das war's dann, Ende, der Letzte macht das Licht aus. Das ist Wahnsinn. Das bricht uns allen den Hals«, erwiderte Bohm.
Jansen blickte ihn steinern an, man müsse berücksichtigen, dass das Meisners Verfügung gewesen sei, rein zu seinem Schutz, darüber könne man sich nicht so einfach hinwegsetzen, vielleicht sogar entgegen aller Vernunft. Wieder klopfte Bohm auf den Ordner, und wer sie denn gegen seine Verfügung schützen würde? Oder den Konzern? Das könne alles baden gehen, nur wegen –
»Ihm? Meinen Sie das?«, fragte Jansen und setzte nach: »Ja, nur wegen ihm, ganz richtig, für sein Leben. So sieht's aus. Aber alles ist auch nur durch ihn entstanden. Wir haben keine Alternative.«
Bohm ging herum, blieb kurz am Fenster stehen und sah auf die Skyline vor sich; nein, er sei anderer Meinung, sie wüssten einfach zu wenig über die Intention dieser Leute, mit wem sie es da zu tun hätten, es könnte mehr dahinterstecken, die Konkurrenz zum Beispiel, Allison, die Chapmans, gar nicht so abwegig, man müsste das zuerst in Erfahrung bringen, wenn die Zeit auch, zugegeben, knapp sei. Man könne es nicht so einfach aussitzen, entgegnete Jansen, sie hätten zu handeln, es sei wahrscheinlich auch nicht möglich, etwas in Erfahrung zu bringen.
»Warum?«, fragte Bohm.
Jansen schwieg kurz, es sei nur so ein Gefühl, aber diese Leute seien irgendwie – anders.
»Was meinen Sie?«
»Stil. Die haben Stil.«
Sie schwiegen wieder. Meisner lächelte und musterte Bohm –

Stil, ja, den hat er, dieser Ronaldo, weiß Gott, habt ihr den auch, diesen Stil? Was jetzt, Bohm, was machst du, was?
»Wir können es nicht machen«, sagte Bohm. »Die Frage ist doch: Hätte er es getan? Ich sage Ihnen, Jansen, ganz sicher nicht. Der Alte hätte sich die Hände gerieben, genauso hat er es damals mit Tannert gemacht.«
»Das war anders«, entgegnete Jansen.
»Er ist ihn losgeworden, das Ergebnis zählte. Er würde es niemals tun. Für keinen von uns. Wissen Sie, was er gesagt hätte? – Opfern. Opfern, ganz einfach. Bei dem Geld?«
»Und jetzt wird er geopfert?«
Bohm lachte rau: »Eher erschossen, denke ich.«
Sie schwiegen kurz, Jansen blätterte wieder in dem Ordner: »Wenn wir es zulassen. Erst dann. Sie kennen meine Meinung, das hier ist alles – seins.«
»Auch wir, ja?«
»Vielleicht, ja.«
Meisner grinste, die Unterhaltung gefiel ihm.
Bohm lächelte zurück: »Was würden Sie machen, Herr Meisner?«
Meisner sah ihn freundlich an: »Gute Frage, Bohm.«
»Sie würden es sicher sein lassen?«, fragte Bohm.
»Auf jeden Fall«, sagte Meisner. »Es ist doch vollkommen verrückt, für einen Scheißmenschen so viel Kohle auszugeben, nicht? Keiner würde das machen; so viel Kohle, die dann auch noch dafür sorgt, dass alles den Bach heruntergeht? Dafür würde ich euch rausschmeißen. Mit einem Tritt in den Arsch, der sich gewaschen hätte.«
Bohm schaute verständnisvoll: »Also reagieren wir nicht? Von uns – keine Antwort an die?«
Meisner lachte laut: »Genau. Handy aus, wegfahren, in den Urlaub oder sonst etwas. Überhaupt nicht reagieren. Dann laufen die ins Leere.«
»Das denke ich mir auch. Die laufen ins Leere. Und dann –«

»Und dann, Bohm?«, fragte Meisner leise.
Bohm senkte den Blick: »Dann werden Sie erschossen.«
Meisner lachte weiter: »Exakt. Ja. Was meinen Sie, Jansen?«
»Vier Unterschriften«, sagte Jansen. »Unsere und die von Singh und Marley. Das rettet Sie.«
»Jansen, dafür sind Sie schon jetzt gefeuert. Unverantwortlich, absolut unverantwortlich.«
»Aber das rettet Sie!«
»Kommen Sie mir mit Moral? Was ist das, was ich von Ihnen vor allen anderen Dingen erwarte, was, Jansen, was?«
»Loyalität. Erfolg«, sagte Jansen leise.
»Und?«
»Solidarität.«
»Quatsch, Solidarität. Quatsch! – Bohm?«
Bohm überlegte. »Weitsicht.«
»Und?«
»Keine Skrupel zu haben. Wenn es drauf ankommt.«
Meisner lächelte weiter: »Sehr gut, sehr gut. Habe ich Skrupel, wenn's drauf ankommt? Hatte ich die überhaupt jemals?«
Bohms Stimme wurde fester: »Soviel ich weiß, nein. Sie haben keine Skrupel. Sie gingen über Leichen. Immer schon.«
Meisner klopfte jetzt sehr leise auf den Tisch. »Genau. Und das ist unsere Prämisse, meine Herren, wir werden keine Skrupel haben, so, wie wir vorher keine hatten. Leuchtet das ein, ist das klar?«
»Natürlich«, sagte Bohm.
Meisners Klopfen wurde rhythmischer: »Jansen?«
»Ja.«
Er zischte: »Ich höre Sie nicht, Jansen.«
»Ja.«

»LAUTER!«
»JA!«
»Sie sind ein verdammtes Weichei, Jansen. Ein Wunder, dass Sie überhaupt da sind, wo Sie jetzt sind. Sie beide werden jetzt Ihre Klamotten packen und ins Wochenende fahren, etwas ficken, Weihnachten feiern. Sie reagieren auf keinen Fall, ist das klar?«
Beide nickten schnell.
»Und dann? Was machen Sie dann, danach?«, fragte Meisner.
Bohm ging durch den Raum, sehr konzentriert: »Wir übernehmen alles, die Geschäfte. In Eigenregie. Ganz in Ihrem Sinne.«
»Dann, wenn ich tot bin. Ausgeknipst bin«, ergänzte Meisner.
»Genau.«
Jansen grinste: »In Ihrem Sinne.«
»Und meine Frau? Ihre Anteile?«
Bohm ging herum, drehte sich wirr um die eigene Achse, schlug die Arme übereinander, tanzte: »Wir werden Ihre Frau übervorteilen, sie um ihre Anteile betrügen.«
Jansen grinste weiter: »In Ihrem Sinne.«
Meisner klopfte jetzt nur noch mit einem Finger, leise.
»Gut. Meine Pferdezucht?«
Bohm stoppte einen Moment seine Drehungen. »Auflösen, verkaufen. Oder die Viecher abknallen lassen.«
»Gut, gefällt mir, gefällt mir. Nicht schlecht, Bohm, Sie haben's drauf, ein echter Boss. Was machen Sie mit den anderen?«
Bohm drehte einen weiteren Kreis: »Jansen, Singh, Marley? Mal sehen, wegmobben, verantwortlich machen für das, was passiert ist. Für Ihren Tod.«
»Super Idee. Sie, Bohm, wollten mich retten, von Anfang an, nur die anderen haben es verhindert, so, oder?

Deshalb müssen diese Versagerschweine jetzt dran glauben, nicht?«
»Genau.«
»Sie sind gut, Bohm. Sehr gut«, lächelte Meisner.
Bohm lächelte zurück: »Danke. Wie Sie in den besten Tagen.«
Meisner nahm die Hand vom Tisch. »Ich sage dir was, Bohm. Wenn ich hier rauskomme, werd ich dich ein wenig unterhalten, so richtig, meine ich.«
»Vielen Dank«, sagte Bohm.
Eine kurze Stille. Ein einzelnes Tippen auf dem Tisch. Meisner stoppte schließlich auch das. »Ich werde ein kleines, scharfes Messer nehmen und dir zuerst die Zunge spalten, Bohm. Nur ein bisschen. Dann warte ich etwas. Und dann, dann breche ich dir ein paar Zähne heraus, nur drei, vier, du sollst ja noch spucken können, Blut vor allen Dingen, nicht? Weil ich dir dann schon ein Dutzend heiße Kohlen in den Magen gelegt habe und zugucke, wie sie dir die Gedärme wegbrennen. Und das, Bohm, werde ich an jedem verdammten Tag machen, nachdem ich hier raus bin. An jedem verdammten Tag. Ja, Bohm?«
Bohm sah ihn mit großen Augen an.
»Ja, Bohm?«
Bohms Stimme bebte: »Sie sagten doch selbst, es geht um die –«
»Um die Firma? Nein, Klein-Bohm. Es geht um mich. Es geht hier nur um mich! Ist das klar?«
Bohms Kreise verengten sich, er trat jetzt nur noch von einem Fuß auf den anderen, sein Blick stierte in den Raum.
»Und jetzt werdet ihr euren Arsch zusammenkneifen und zusehen, dass ihr bis morgen die Kohle besorgt! Die ganze Kohle, ist das klar? Ist das klar?!«
Sie stotterten ein leises Ja, standen langsam auf, vermieden es dabei, ihn anzusehen; mit einem *Auf Wiedersehen Herr*

Meisner verließen sie geduckt den Raum. Meisner blieb sitzen, klopfte kurz weiter auf den Tisch, stand dann auf und ging zum Fenster.
Die Skyline. Er liebte diesen Blick. Es war ein Blick von oben – auf das da unten.
Liebte er diesen Blick deshalb?
Was liebe ich, was liebe ich überhaupt?
Vor ihm stand das Telefon. Er wollte sie gestern anrufen. Und hatte es nicht getan.
38042679.
Er könnte es heute tun, jetzt.
Aber ich bin gefangen, in diesem Raum, in diesem Keller.
Er blickte wieder hinaus, auf die Bankentürme, dahinter der Wald, human gewölbt, aber nicht zu sehr. So wie sein Leben, so wie alles, das er nicht mehr lieben konnte. Weil da einmal diese Frau gewesen war.
Anne, sie hieß Anne, vor fünfzig Jahren. Ist das so lange her?
Ja.
Dann ist es zu spät.
Hinter ihm öffnete sich die Tür, er wusste, dass es Karin war; er spürte sie im Rücken, wieder hätte er sie am liebsten erschlagen.
Er drehte sich um, sie sah gut aus, ein rotes Kleid, die blondgefärbten Haare hochgesteckt, edel, eine Persönlichkeit; sie sah ihn kalt an, strich mit einem Finger quer über ihren Hals: »Ich möchte dir nur etwas sagen.«
»Was?«, fragte er, kurz angebunden.
»Es wäre schön, wenn du dort verrecken würdest, in diesem Keller.«
»Ich weiß«, sagte Meisner. »Weil ich dich nie geliebt habe.«
»Du hast mich fünfzig Jahre lang verraten.«
»Ich wollte nur dein Geld.«
»Das Geld meines Vaters«, sagte sie.
»Ich wollte alles, genau. Den Spaß war's wert.«

»Was hast du ihnen gesagt?«, fragte sie mit zusammengekniffenen Augen.
Meisner lachte kurz. »Bohm, Jansen? Dass sie zahlen werden, natürlich. Was sonst?«
»Und wenn ich sie daran hindere?«
»Dann werde ich dich schlagen, Karin. So richtig, verstehst du mich? Ich werde dir sehr, sehr wehtun.«
Sie schwieg kurz, überlegte sorgsam: »Seit wann willst du mich schon schlagen?«
»Immer schon. Seit fünfzig Jahren. Du hast mich schon vom ersten Tag an genervt. Es war einfach deine Art, man kann das nicht ertragen, niemand könnte das. Du warst immer langweilig und laut. Du bist ein fürchterlicher Mensch.«
»Und du hast das ertragen, nur für das Geld?«
»Ja. Nur dafür.«
»Du könntest mir leidtun«, sagte sie. »Aber ich hasse dich, das ist besser, viel besser.«
»Ja. Hass ist schön. Alter Hass ist noch schöner.«
Sie nickte: »Eine späte Einsicht, mein Lieber. Ich freue mich, dass es zu spät ist, für dich. Du stirbst, sie können nichts mehr für dich tun, sie haben es mir eben gesagt, du hast Metastasen, einfach zu viele. Dazu die Blutungen, von deinem Sturz gestern. Das ist schön. Willst du noch einmal meine Hand halten, ein letztes Mal?«
Sie schwiegen. Meisner drehte sich um und sah wieder aus dem Fenster. »Du bist nur noch eine alte, zusammengenähte Frau«, sagte er.
Er wartete auf ihre Schläge mit den Fäusten, auf das Kratzen mit den Fingernägeln in seinem Gesicht, aber es passierte nichts.
Ihr Kopf drehte sich spöttisch im Kreis um sich selbst herum, ihr Hinterkopf blickte ihn an, saß auf dem Hals, über den Brüsten; sie ging.

Er sah wieder hinaus, dann auf die Straßen unter ihm; Ameisen krochen dort, emsig und dumm, von A nach B, sie krochen nur von A nach B, weil es ihnen jemand gesagt hatte, jemand wie – er.
Für ihn taten sie das, für sein Geld, für seine Gnade, ein schönes Wort, Gnade, dachte er. Er ging zum Tisch, setzte sich und vergrub das Gesicht in den Händen.
Sie haben Metastasen gesagt. Das sind Würmer, die fressen, in den Gedärmen. Sie fressen.
Ein Öffnen der Augen, er sah den Bach. Es war ihre Stelle. Er schritt über das Moos, einige trockene Äste knackten unter seinen Sohlen. Die Sonne stand schon tief über den Bäumen, aber ihre Strahlen hatten noch genug Kraft, um das Grün um ihn herum in Frühlingsfarben leuchten zu lassen. Einige Rehe stoben vor ihm in das Unterholz, und er roch das frische Gras am Bach. Vorsichtig spähte er in das Wasser, die Fische waren sehr schreckhaft hier. Aber er sah einige Karpfen, die mit offenen Mündern an der Oberfläche schwammen; belustigt warf er einen Kiesel hinein, sofort trieben sie auseinander, genauso hatten sie beide es immer gemacht und sich dann umarmt, eine Ewigkeit lang.
Auch jetzt legte er den Arm um ihre Schulter und gab ihr einen Kuss auf den Hals, sie lächelte ihn verliebt an, es dürfe niemals ein Ende haben, das müsse er ihr versprechen. »Wir gehören zusammen, Anne«, hörte er sich sagen und küsste sie wieder, spürte dabei ihre feinen Finger, wie sie zärtlich durch sein Haar fuhren. Und die Idee mit dem Boot sei so schön, sagte sie, weiter unten, am Weiher, da liege eines, vielleicht könnte man ja –? Er lachte, dieses Boot wäre das geringste Problem, natürlich würde er sich darum kümmern, schon bald. Sie umarmte ihn wieder, denn sie habe ihm etwas zu sagen, dann, auf dem Boot. Neugierig versuchte er, sie auszufragen, aber sie

blieb standhaft, küsste ihn immer wieder, niemand könne jetzt mehr lieben als sie, niemand trüge eine solche Liebe im Herzen, flüsterte sie. Er sah ihr wunderschönes Gesicht, strich ihr immer wieder durch das Haar, sie hätten einen Bund für immer, bis in alle Ewigkeit, eine Liebe ohne Worte.

Er legte sich ins Gras. Wie schön es hier war.

Der Junge saß auf einem Baumstamm, der über den Bach ragte, etwas gekrümmt, da er einen großen Telefonhörer zwischen Schulter und Ohr geklemmt hatte: »Herr Tannert, selbstredend, natürlich, machen Sie sich keine Sorgen, nein, auf keinen Fall, Sie können sich darauf verlassen. Ja, bis morgen ist es da. Ich werde auch die Trust anrufen, Sie können sich darauf verlassen.«

Meisner rieb sich die Augen; eine Stehlampe stand gerade im Wasser, der Junge zog jetzt an der Kordel, unter dem Schirm leuchtete es gemütlich auf; das Licht fiel auf den Küchentisch, die Stühle an seiner Seite bewegten sich leicht in der Strömung des Baches.

»Die Lock Investment? Soll ich mich darum kümmern?«, fragte der Junge in den Hörer und lächelte Meisner an. »Dann machen wir es so, sicher. Ich mache das gerne, nein, wirklich, machen Sie sich keine Gedanken, ich erledige das wirklich gerne, Herr Tannert.«

Er lächelte weiter: »Das nehme ich natürlich an, vielen Dank, Herr Tannert. Am Samstag, wie viel Uhr?«

Ein wiederholtes Nicken. »Ich werde pünktlich sein, natürlich.«

Meisner wurde ungeduldig und gab ihm ein Zeichen, der junge Mann sprach schneller: »Ja, ich bin noch da, entschuldigen Sie, Herr Tannert. Ich musste nur kurz an etwas denken.«

Meisner hörte wieder: »Es ist nur, nun, ja, es ist, – wegen der Garderobe, ich habe noch nicht –«

Ein schneller Blick zu Meisner, dann sprach er weiter: »Sie wussten das? Entschuldigen Sie. Sie hatten mit vierzig Ihren ersten Anzug? Das beruhigt mich ja doch etwas, ich dachte schon –«
Er sah, wie Meisner ihm weitere Zeichen machte, und zog die Augenbrauen nach oben: »Vielen Dank, Herr Tannert, ich weiß, man muss auch einmal etwas annehmen können, ja. Nein, damit wird sich niemand schämen müssen, ich weiß. Er bringt ihn am Nachmittag, um vier? Ja, sicher bin ich da, vielen, vielen Dank, Herr Tannert. Bitte grüßen Sie Ihre Frau von mir.«
Er lauschte wieder: »Ja, richtig. Meisner mit einem S, nicht doppelt, nein.«
Ein emsiges Nicken in den Hörer: »Ja, Sie haben recht. Ich freue mich sehr auf den Empfang, bis Samstag. Ich werde pünktlich sein. Danke, Herr Tannert, vielen Dank.«
Er verstaute den Hörer in der Schublade des Tisches und sah Meisner dabei entschuldigend an: »Das war Tannert, ich konnte ihn doch nicht so einfach abwürgen.«
Meisner trat näher: »Scheißer.«
»Ich sehe nur zu, wo ich bleibe, oder?«
»Kleiner Scheißer.«
»Du wärst nicht da, wo du jetzt bist, ohne mich«, sagte der junge Mann.
»Ich könnte mich übergeben, wenn ich dich da so sehe«, knurrte Meisner. »Geradegebürstet wie ein Strichbubi.«
»Wir wollten was. Ganz nach oben. Wir beide.«
»Ganz nach oben, ja«, sagte Meisner.
»Das haben wir ja auch geschafft, nicht?«
»Und wie viele Ärsche leckst du dafür, zehn, zwanzig, hundert, eine Million?«
Das Lächeln des Jungen wurde spitz: »Nur so viele, wie nötig sind. Im Moment reicht Tannert.«
Meisner sah ihn prüfend an: »Der alte Tannert. Ist wirk-

lich drauf reingefallen, dafür hast du nicht lange gebraucht. Sehr gut. So macht man das, abgebrüht, cool.«
Der junge Mann ließ seinen Blick gleichgültig über den Bach streifen. »Der Schlauste war er ja noch nie. Gutgläubig. Ein Idiot.«
Meisner folgte seinem Blick: »Hast du schon mit Karin gebumst? Na? Sag's mir.«
»Seiner Tochter? Deiner Frau? Nein, eins nach dem anderen, du hattest einen Plan, weißt du nicht mehr? Einen Schritt nach dem anderen, ganz ruhig, damit keiner – wie sagt man? – Verdacht schöpft.«
»Gib's ihr richtig, ich weiß noch, sie wollte es wissen. Hat geschrien wie ein Ferkel, als sie noch frisch war«, sagte Meisner. »Heute hat sie sich die Haare hochgesteckt und die Haut zurückgezogen, vernarbt, hinter den Ohren ist alles steinhart. Sie ist ein Wrack. Man muss sie prügeln, damit es wieder weich wird.«
»Das tut mir leid für dich«, sagte der junge Mann sarkastisch.
»Dir braucht nichts leidzutun. Warte einfach die Zeit ab. Du wirst sehen«, sagte Meisner.
»Jetzt ist jetzt. Du bist hier der Alte, ich noch nicht.«
Meisner sah ihn böse an: »Du bist wirklich ein kleiner Scheißer.«
»Wolltest du mich nicht so? Genau so, klein, unauffällig, keine Feinde haben, sich mit allem arrangieren, das hast du doch immer gesagt, man muss sich arrangieren, genau das tue ich gerade, damit ich alles habe, später, für dich und deinen reichen Arsch, auf dem du jetzt sitzt, dafür tue ich es. Was willst du mehr?«
»Ich arrangiere mich mit niemandem, nie«, zischte Meisner.
»Nein? Ich sage dir was, du musst es jetzt nicht mehr tun, weil ich es bereits für dich getan habe, ich habe diesen

Misthaufen gebaut, auf dem du jetzt krähst, so fett, wie du geworden bist. Weißt du noch, was deine Worte waren? Man muss alles über sie wissen, jede Kleinigkeit in ihrem Leben, was sie essen, was sie denken, dann hat man die Macht über sie – damit sie dir alles geben, alles, was sie haben, nur so geht's. Das warst du, und so hab ich's gemacht.«

Er sah Meisner herausfordernd an: »Ich weiß, was du denkst, dass ich am besten nie da gewesen wäre, ja? Sag's ruhig, ich bin dir peinlich, nicht?«

»Ich kann neu anfangen. Und dann bist du – weg«, sagte Meisner rau.

»Nein, Meisner, dein Anfang, das bin ich, nur ich. Und das hier jetzt, das ist dein – Ende. Dumm gelaufen, diese OP. Das war's dann.«

Er lachte nun schallend, Meisner wollte ihn greifen, doch er sprang mit einem gekonnten Satz schnell auf die Stühle, auf den Tisch, auf den Baumstamm, watete durch den Bach und blickte sich auf der anderen Seite spöttisch um: »Denk immer dran, ohne mich wärst du gar nichts, einfach – gar nichts.«

Er verschwand im Dickicht.

Meisner ging zum Baumstamm hinüber, hangelte sich an den Ästen entlang und kletterte mühsam an diesen hoch, saß schließlich dort, keuchend, sein Gewicht spürend.

Der Bach plätscherte unter seinen Füßen.

Ein Bussard jagte in den Bäumen und tötete ein Tier, er hörte das Schreien, als der Schnabel in ihm hackte. Er spürte es, er dachte immer daran –

Sie haben dich aufgeschnitten.

Er hatte Karin bei diesem Empfang kennengelernt, im Garten, bei Tannert, der reichlich Prominenz eingeladen hatte, dazu einige Politiker, die ihm zuarbeiteten; er erinnerte sich noch, wie langweilig ihm war. Karin erging es ebenso, sie stand anfangs abseits, sofern sie nicht irgendwelche Hände zu schütteln hatte, was sie mit Contenance über sich ergehen ließ. Ihm fiel auf, dass sie immer wieder in seine Richtung sah, er brachte das zunächst nicht mit seiner Person in Verbindung, wie hätte sie ihn meinen können, einen Niemand, einen kleinen Angestellten in Tannerts Imperium. Später am Abend hatte dieser sie ihm dann vorgestellt, und dann standen sie dort, voreinander, etwas ratlos, lange schweigend. Noch am selben Abend hatten sie sich geküsst, versteckt hinter einem Baum im Park. Danach nahmen die Dinge ihren Lauf, sie wurde zunehmend präsenter, besuchte ihn im Büro, wartete auf ihn, wenn er heimkam; einige Tage später wollte sie mit ihren Eltern sprechen, ihm war klar, was das hieß.

Er rief Anne an.

Der Weiher, das Boot dort. Sie freue sich, ihn endlich wiederzusehen, aber natürlich, sie könne verstehen, dass er so viel arbeiten müsse, obwohl er das auf die Dauer nicht durchhalten könne, es ginge ja schon seit Wochen so. Er half ihr beim Einsteigen, und ihm fiel auf, dass sie etwas steifer wirkte als sonst; sie legten ab, er ruderte das Boot in die Mitte des Weihers, sie sah ihn dabei verliebt an. Das sollte er sein, der Moment, in dem er ihr alles sagen wollte, dass sie sich trennen müssten, dass seine Karriere Vorrang hatte, dass er bald die Tochter seines Chefs heiraten würde, dass sie ihm einfach nur im Weg war, trotz aller – Liebe. Und dass er nicht vorhatte, wegen dieser Liebe ein Wurm zu bleiben, eine kleine Ameise in Tannerts Imperium, es galt, mehr im Leben zu erreichen, nein, kein Wurm, keine Ameise, auf die man trat, auf die man spuckte, nein. Sie fragte, ob alles gut sei, er konnte nur nicken, sein Herz schlug schnell, er holte tief Luft, sie unterbrach ihn:

»Ich bin schwanger.«

Und sie strahlte ihn an. Seine Gedanken wirbelten durch-

einander, er rang sich ein Lächeln ab, sagte, dass ihn das unendlich freue, dass er einfach überwältigt sei. Dann lagen sie sich in den Armen. Aus den Augenwinkeln sah er dabei auf das tiefgrüne Wasser des Weihers; es mochte nur kurz gewesen sein, aber er fragte sich, wie lange es dauern würde, bis ihr Körper darin versinken würde.
Er ruderte zurück und eng umschlungen gingen sie zur nächsten Bushaltestelle; sie stieg ein, er versprach, sie am Abend anzurufen, es gebe jetzt ja vieles zu besprechen. Sie sah ihn erwartungsvoll an, er lächelte; am Abend würde er sich melden. Der Bus fuhr los, er sah ihre Konturen hinter der Fensterscheibe, sah, wie sie winkte, bis sie außer Sichtweite war.
Noch am selben Tag bat er Tannert um ein Büro in einem anderen Gebäude und zog in ein Hotel.
Er rief sie nicht an.
Und blickte jetzt auf die Steine im Bach, sah dem Wasser zu, wie es sie umspülte, beobachtete die Fische, wie sie dumm und arglos auftauchten, die Münder rund geformt, schnappend.
Was ist Wasser, was ist Stein? Wann hört es auf? Das Ende fragt immer nach dem Anfang. Das Ende ist dumm, es versteht nichts. Es gibt das hier nicht, es hat es nie gegeben, wach auf, wach endlich auf.
Er sah in die Münder, tief hinein, in die Schwärze, die sich dort drehte, wild um einen blauen Fleck rotierte; eine Kugel, nicht viel mehr, ein lächerlicher Golfball, blau, braun, weiße Wolken umgaben ihn; Ameisen krochen dort, Millionen, dann Milliarden, über Straßen, Wege, in Häusern saßen sie beisammen, liebten sich, starben, liebten sich erneut; ein atemloses Spiel, ohne Sinn. – Sein Spiegelbild, ein Fisch tauchte auf, verzerrte es, der Junge lachte ihn wieder an, spöttisch, dann wieder die Ameisen, er blinzelte. Die blaue Kugel lag weich in seiner Hand, ein Finger tippte sie an, rollte sie umher, dann drückte er zu; es klebte ein wenig.

5.

Meisner rieb sich die Augen und sah, wie die Tür sich öffnete, Ronaldo trat ein: »Guten Abend, Herr Meisner. Sagen Sie nur, Sie sind da sitzen geblieben, den ganzen Tag über?«
»Ja.«
»Und Sie haben wieder geträumt?«
Meisner nickte unwirsch: »Gibt es etwas Neues?«
»Nein«, sagte Ronaldo beiläufig.
»Beunruhigt Sie das nicht?«, fragte Meisner.
»Im Gegenteil.«
»Aber Sie müssen doch in Verhandlungen mit denen stehen, mit Bohm und den anderen.«
»Wo denken Sie hin? Es gibt keine Verhandlungen.«
»Keine Verhandlungen?«
»Wozu? Unsere Forderungen sind klar, die Terminierung ist ebenso klar. Wird die Forderung zeitgerecht erfüllt, leben Sie, wenn nicht, sterben Sie unverzüglich. Ihre Leute wissen Bescheid. Im Übrigen gibt es keine Möglichkeit, mit uns Verhandlungen aufzunehmen.«
»Das ist keine Entführung, das ist nur – Terror!«
Ronaldo verbeugte sich leicht: »Nennen wir es ein Gastspiel. Haben Sie Hunger?«
»Nein.«
»Das ist nicht weiter schlimm, der Braten hält sich. Er ist übrigens fantastisch. Wein?«

»Ja. Bringen Sie die Flasche mit.«
»Gerne. Dieser Wein, ein 61er St. Pétrus, atmet bereits seit neun Stunden. Eine perfekte Zeit, ihn nun zu trinken.«
Er öffnete die Tür zur Gänze, der neu bestückte Servierwagen folgte ihm, Ronaldo schwenkte sehr konzentriert den Dekanter. Meisner dachte wieder an das Bristol in Paris, an diese Hände. Ronaldo sah in das Rot des Weines: »Ein wunderbarer Ort, nicht?«
»Was?«
»Das Bristol. Man möchte meinen, die Zeit sei dort stehengeblieben, es erinnert an alte Größe. Dort lässt es sich leben.«
»Ja«, flüsterte Meisner.
»Sie dachten auch einmal daran, dort zu wohnen, nicht? Eine gute Wahl, möchte man sagen; wir leben alle dort, in diesem Traum der Vergangenheit, in feinen Ebenen, ineinandergeschoben, von Zeit zu Zeit. Eine jede Gegenwart wurzelt in der Vergangenheit, Ihre Träume zeigen es Ihnen.«
Er schenkte ein, schwenkte sein Glas und warf wieder einen genussvollen Blick ins Rot, griff dann in die Innentasche seines Anzuges: »Nun sehen Sie mal, was ich uns hier Feines mitgebracht habe, Hochland-Obriga, bolivianische, Ihre Lieblingszigarren.«
»Die gibt es doch nicht mehr!«
»Oh doch, darf ich mich wiederholen? – Eine Frage der besonderen Informationen. Eigentlich verwunderlich, dass man sie Ihnen nicht hat besorgen können, Sie sollten Ihren Mitarbeitern doch einmal auf den Zahn fühlen, so sagt man doch?«
Er lächelte, schnitt die Zigarren, reichte Meisner eine und gab ihm Feuer, dieser nahm einen genussvollen Zug: »Wie konnte ich nur denken, dass Sie nicht maskiert sind. Sie sind doch so ein Alien, von irgendwo aus dem Weltraum.

Gleich ziehen Sie dieses Gesicht herunter, und dahinter ist dann ein Frosch oder so etwas.«
»Aber ein Frosch mit Geschmack. Was sagen Sie, echt, die Obriga?«
Meisner nahm einen weiteren Zug: »Absolut.«
Noch ein Zug, seine Augen verfolgten den bläulichen Qualm: »Warum machen Sie all das? Sie hätten mich auch in Handschellen in so ein Loch werfen können, mit etwas Brot, etwas Wasser. So ist das doch normalerweise, oder? Warum dieser Aufwand, diese Mühe; mit mir zu sprechen, das könnten Sie sich genauso gut sparen.«
»Da sind wir bei der Kultur angelangt, Herr Meisner«, antwortete Ronaldo.
»Sie meinen, Sie entführen mich auf eine besonders kulturelle Art und Weise, ja?«
Auch Ronaldos Augen folgten dem Qualm: »Eine Kultur zeichnet sich nicht nur dadurch aus, was man in den Museen sieht und in den Opernhäusern hört; Kultur hat vielmehr damit zu tun, wie wir Menschen miteinander umgehen; wie setzen wir uns, wie hören wir einander zu, wie zeigen wir uns unsere Achtung.«
»Wie entführen wir uns besonders stilvoll?«
»Auch das, sicher, warum nicht?«, sagte Ronaldo. »Morgen wird Ihr Geld Hauptakteur einer künstlerischen Darbietung sein, sagen wir, zum ersten Mal wird es etwas für die Kultur tun. Es wird einfach wunderschön sein. Sie mögen doch schöne Dinge, nicht? Ihre Pferde, zum Beispiel.«
Meisner zuckte zusammen: »Was ist mit meinen Pferden?«
Ronaldo hob erstaunt die Augenbrauen: »Mit Ihren Pferden? Natürlich nichts, keine Angst, sie sind vollkommen unversehrt, warum sollten wir Ihren Pferden etwas zuleide tun?«
»Sie haben das so komisch betont.«

Meisners Hand zitterte, Ronaldo bemerkte es: »Machen Sie sich keine Sorgen. Daxter III ist wirklich ein Prachtexemplar. Der Inbegriff der Anmut, vollendete Formen, die ganze Schönheit, ein wahres Kunstwerk. Zurzeit wird er wohl im Stall stehen und durch das Fenster auf den prachtvollen Sonnenuntergang schauen. Es ist magisch draußen, jetzt, sehr passend zur Weihnachtszeit, nicht? Aber ich muss Ihnen doch sicher nichts über die Schönheit erzählen, Herr Meisner?«

Meisners Hand beruhigte sich, er sog an der Zigarre. »Ich liebe Dinge, die schön sind, ja.«

»Sie beweisen mit Daxter III in der Tat einen erstklassigen Geschmack, das muss man Ihnen lassen. Und wirklich einen ausgeprägten Sinn für Schönheit, für vollendete Schönheit. Eigentlich verwunderlich, dass wir in Ihrem Haus nirgendwo Bilder von Pferden sahen, na, solche Klassiker eben, englische Weiden, Thomas Gainsborough, derart.«

»Ich habe diese Bilder im Kopf.«

»Interessant.«

»Wenn ich Daxter habe, brauche ich keine Bilder, Herr Fußballer. Das ist Größe, vor allem: Kraft. Unendliche Schönheit. Schönheit, die mir gehört. Nur mir.«

»Stimmt. Das hatte ich fast vergessen. Sie besitzen auch die Schönheit.«

Meisner sah Daxter, er wieherte laut, wie immer, wenn er ihn besuchen kam; er rieb den Kopf an seinem Arm, sog die Luft tief und lustvoll durch die Nüstern ein, seine Augen schauten ihn vertraut an, in ihnen spiegelte sich das Grün der Weide, junges Gras, dahinter das Haus, die Koppel, der See. Er blickte wieder zu Ronaldo: »Sie haben meinen Pferden nichts getan?«

»Wirklich nicht. Wir achten Ihre schönen Dinge. Sehr interessant, dass Sie so versessen darauf sind.«

»Das hat Sie nicht zu kümmern. Überhaupt nicht. Sie sagten doch, es gehe Ihnen nur um mein Geld.«

»Um Ihr Geld und das der anderen. Um 300 Milliarden. Genau um die, ja«, sagte Ronaldo.

»Sie glauben da wirklich dran, kaum zu fassen.«

»Sie werden es sehen.«

Meisner nahm einen weiteren tiefen Zug und war jetzt erleichtert, das Selbstvertrauen gewann wieder Oberhand, er lehnte sich gemächlich zurück: »Gut. Jetzt sage ich mal, dass Sie recht haben. Angenommen, da flattern wirklich morgen diese 300 Milliarden vom Himmel, Tonnen an Geld fällt ins Wasser und wird vernichtet. Geld, das Sie mir und den anderen wegnehmen. Doch wofür? Sie nehmen es uns doch nur weg, mehr nicht. Das ist kein Verdienst, das ist nicht für eine gute Sache, das ist gar nichts, das ist nur destruktiv. Wie ein kleiner Junge nehmen Sie das Spielzeug der anderen und brechen es kaputt, nur, damit keiner mehr damit spielen kann. Sind Sie so ein kleiner verschissener Spielverderber, ja?«

Ronaldo schlug die Beine übereinander, und sein Blick folgte weiterhin dem bläulichen Qualm: »Ich bin eher ein Spielbeender.«

Meisner nickte schnell: »Im Grunde ist das Ihr wirkliches Verbrechen. Sie vernichten Geld, das für andere Zwecke gebraucht werden könnte, für humanitäre Zwecke zum Beispiel. Warum lassen Sie es nicht über einem Slum abwerfen? Tonnen von Geld fallen auf die Slums in São Paulo, Kalkutta, Kairo, Nairobi, Jakarta, sonst wo. Oder zwingen Sie mich doch, mein Geld an die Kirche oder an Missionen zu überweisen, an die Krebshilfe, an Waisenhäuser, an den Tierschutzbund. Alles ist besser als das.«

»In den letzten Jahren hätten Sie viele Gelegenheiten gehabt, genau das zu tun. Aber warum sollte ich Sie dazu zwingen?«, fragte Ronaldo.

»Irgendetwas müssen Sie ja wollen. Ihre Moral, das ist es doch, Sie wollen mir Ihre komische Moral da unterjubeln, mir zeigen, was für ein geldgieriger Sack ich bin, stimmt's? Was kommt jetzt, was hab ich alles Böses getan in dieser Welt, na? Meine Rüstungsfirmen, sind's die? Die Banken oder das Öl, was ist es, was?«
Ronaldo schwieg und sah dem Qualm aus seinem Mund nach, die Wolke erinnerte an einen Windjammer, unter vollen Segeln. Meisners Sicherheit wuchs: »Keine Antwort? Ich sag Ihnen etwas, ja, das alles tue ich, das alles gehört mir, ich habe keine Moral, ich nutze die Menschen auf Gedeih und Verderb aus. Mit meinem Geld, mit meiner unendlichen Macht, vollkommen skrupellos. Gut so? Zufrieden? Wollten Sie das hören?«
Eine Blume entströmte jetzt aus Ronaldos Mund, eine Orchidee, sehr schön, Meisner rang nach Beachtung seiner Worte: »Nicht? Was wollen Sie eigentlich? Es gab immer jemanden, der die Ordnung diktiert hat, zum Schlechten oder zum Guten. Und jetzt sind wir es, die diese Ordnung machen. Wir!«
»Die Ordnung der Giganten«, stellte Ronaldo nüchtern fest und sah auf die Orchidee. Meisner folgte kurz seinem Blick: »Wie Sie wollen, ja, Geldgiganten, das klingt doch noch besser, oder? Die meinen Sie doch, die da oben, denen der Rest der Welt am Arsch vorbeigeht, nicht? Sie dürften das alles besser wissen als ich, Sie analysieren es ja, ich hingegen verursache es nur.« Er lachte.
Ronaldo sah weiterhin dem Windjammer und der Orchidee nach: »Vollkommen korrekt. Darin liegt ja unser Problem, Sie verursachen es, aber Sie verstehen es nicht, konnten es noch nie verstehen. Sie sind an Ihrem Reichtum nicht kulturell gewachsen und sind immer noch derselbe kleine und ehrgeizige Emporkömmling, der Sie am Anfang Ihres Weges waren; Sie gehen jetzt noch so vor wie an

Ihren Anfängen, Sie wollen immer mehr, obwohl Sie nun in größerer Verantwortung handeln könnten, schlicht, weil Sie jetzt die Mittel dazu hätten. Das ist den Wenigsten vergönnt, es ist ein nur schwer zu erlangendes Privileg. In dieser Hinsicht haben Sie sich aber leider nicht weiterentwickelt, Sie könnten einen fundierten Nachhilfeunterricht im Management der moralischen Erhöhung Ihrer selbst gebrauchen, Herr Meisner.«
»Allein meine persönlichen Stiftungen haben einen dreistelligen Millionen-Etat. Was meinen Sie, was passieren würde, wenn ich die stoppen würde? Chaos, Leid, so etwas, jedenfalls dort, wo ich dafür sorge, dass es das nicht gibt.«
»Aber Sie könnten dafür sorgen, dass es das gar nicht gibt. Nirgendwo auf dieser Welt. Sie hätten die Macht dazu, Sie könnten das Grauen der Welt beenden. Aber Ihre Macht hat nicht diesen Charakter und schon gar nicht diese Absicht. Ihre Macht ist eine persönliche Macht, eine Macht von und für sich selbst. Nicht für andere. Das wäre ja auch ein Widerspruch, nicht? Basiert Ihre Macht doch auf dem Leid der anderen. So gesehen macht Ihr eigenes System Sie moralisch vollkommen hilflos.«
Der Qualm erinnerte jetzt an ein altertümliches Holzpferd, knarrend, wiehernd, Meisner atmete durch: »Wir haben zu leisten!«
»Ja, wie jeder, ganz recht. Wir alle wurden so erzogen und leben nun in diesem Sinne. Wir haben zu leisten und nicht zu fragen«, stimmte Ronaldo zu.
Meisner wartete auf einen weiteren Satz, der kam nicht, er stand auf und schlug mit der Hand auf den Tisch: »Wollen Sie mir ernsthaft vorwerfen, dass ich lediglich der Beste bin? Das ist lachhaft. Das ist wie ein Rennen, an dessen Ende der Sieger füsiliert wird. Weil alle neidisch sind, dass sie Selbst nicht gewonnen haben. Das ist nur kleinkarierter Neid, das ist es doch, nicht mehr. Sie wissen ebenso wie

ich, worauf unser System beruht, auf genau diesen besonderen Talenten einzelner Begabter; jeder lebt damit. Ich besonders gut; weil ich unser aller System besonders gut verstanden habe, das ist der einzige Unterschied. Und den mögen Sie nicht. Ja, wir haben die Macht und wir tun genau das, was Sie gesagt haben. Richtig, Sie haben recht. Gut so? Wie Sie hören, stimme ich Ihnen voll und ganz zu, Ihnen, ob Sie jetzt vom Mars kommen oder nicht. Jetzt lasse ich das einmal zu, das, was Sie doch sicher gerne hätten, nämlich dass Sie drei Tage lang mein schlechtes Gewissen sein dürfen. Nur so, sagen wir aus Spaß? – Deshalb doch nur haben Sie mich nicht in ein Loch geworfen, oder? Weil Sie mir zeigen wollen, wie schlecht ich eigentlich bin. Was auch immer an dem Rest Ihrer Geschichte da stimmen mag, aber das hier ist ja wohl Fakt, Sie haben mich, ganz, mit Haut und Knochen. Wahrscheinlich erpressen Sie nur ein paar Millionen, erzählen mir aber diese Märchen, damit Sie sich an meiner Angst ergötzen können; ich sage Ihnen aber was, Junge, die habe ich nicht, nicht vor jemandem wie Ihnen. Sie haben mich, man könnte Ihnen gratulieren, das hätte beileibe nicht jeder gekonnt, eigentlich gar keiner und deshalb gibt es Sie gar nicht, genau.« Er lachte laut: »Also was? Glauben Sie im Ernst, Sie könnten hier – abräumen?«

»Wahrscheinlich haben Sie recht«, antwortete Ronaldo. »Sie werden sogar aus Ihrem Untergang noch Profit ziehen. Schließlich sind Sie darin trainiert.«

»Sie widersprechen sich. Einerseits wollen Sie uns mit Ihrer kleinen Aktion in die Schranken weisen, andererseits geben Sie zu, dass es vollkommen sinnlos ist, da unser System selbst bei einem drohenden Untergang noch greifen würde. Sie können doch nur verlieren.«

»Das ist uns klar.«

»Dann können Sie einem leidtun.«

Ronaldo lächelte durch den blauen Qualm: »Vielen Dank für Ihr Mitgefühl.«
Meisner ging durch den Raum, schwenkte die Zigarre zwischen den Fingern hin und her. »Sie sollten zur Vernunft kommen, Junge. Wenn Sie schon wissen, dass Sie ein System nicht besiegen können, warum bekämpfen Sie es? Kann man Ihre kleine Revolution ohne einen Glauben an den Sieg führen? Ich denke nicht, Sie wären der Erste, der das kann.«
»Wir führen nicht das, was Sie eine Revolution nennen. Eine Revolution, die ohnehin nicht möglich wäre, da sie sich Ihrer Mittel bedienen müsste, insbesondere Ihrer Geldmittel, vollkommen absurd. Nein, wir setzen ein Zeichen, das ist alles.«
»Ein sehr zynisches Zeichen. Die Menschen werden Sie dafür hassen.«
»Sie werden uns lieben.«
»Woher nehmen Sie eigentlich dieses kleinkarierte Gehabe, mich zu verurteilen?«, unterbrach Meisner ihn. »Das wollen Sie doch, oder? Weil ich mich ins Zeug gelegt habe, weil ich mehr tue als andere? Was ist das hier? Neid auf höchstem Niveau, das ist es doch, Sie leiden bestimmt an dem Trauma, dass Sie leider nur ein Millionär und kein Milliardär sind wie ich. Zum Brüllen, sehr tragisch, könnte man denken. Aber zurück, Sie wollen ja mein schlechtes Gewissen sein, vielleicht tue ich Ihnen einfach den Gefallen? Ich sage Ihnen jetzt, dass ich nicht genug kriege und ständig das Maul aufreiße, weil ich alles besitzen will, einfach alles. Und weil ich sehr viel besitze, übe ich eine enorme Macht aus. Ich entscheide über andere, über die Umstände, über Leben, Tod, selbst über das Maß all dieser Dinge; wenn ich wollte, wäre es ein anderes.«
Ronaldo schwieg, sah ihn ausdruckslos an, Meisner begriff das als Zustimmung: »Stimmt's? Sie, Herr Fußballer, wol-

len nur vernichten, wir hingegen erhalten etwas. Auch wenn es Ihnen nicht passt. Es ist unsere Ordnung, die die Welt zusammenhält, nicht Ihre Vernichtungsideen.«
Ronaldo schnippte die Asche ab: »Sie erhalten nur sich selbst.«
»Ganz richtig«, antwortete Meisner. »Aber damit auch die Welt.«
»Sie sind die Welt? Wollen Sie das sagen?«
»Wir sorgen dafür, dass sie überhaupt ist.«
Ein weiteres Geschöpf des Qualmes kam aus Ronaldos Mund, diesmal ein Instrument, vielleicht eine Harfe: »Sehr gut, Herr Meisner, die Geschichte des Demiurgen und seiner Schöpfung, sehr schön. Diese Welt und Sie, das scheint ein symbiotischer Zustand zu sein. Wir haben Ihnen viel zu verdanken, Herr Meisner. Im Grunde – alles.
Jedoch benötigt auch die Schöpfung ein Wissen ihrer selbst. Sonst könnte sie des Schöpfers Leistung und damit sich selbst nicht adäquat erkennen und somit wertschätzen. Und diese Wertschätzung, nennen wir sie einen gesunden Egoismus, garantiert den Fortbestand der Schöpfung, was wiederum im Interesse des Schöpfers liegt. Das haben Sie leider nicht berücksichtigt, Herr Meisner. Ein Demiurg kann nur dann existieren, wenn die Schöpfung sich ihrer selbst bewusst ist. Aus diesem Grunde gibt es den absoluten Besitz nicht.«
Meisner verstand ihn nicht, es steigerte seine Wut: »Was wollen Sie? Anarchie? Die will ich nicht, die will keiner, schauen Sie sich doch um; die Dinge werden besser. Sie können sehr viel daran genießen, Freiheit, allgemeinen Wohlstand, für die meisten. Für so viele, wie vorher undenkbar gewesen wäre. Wir wollen das, wir erfüllen das, nur wir. Weil auch nur wir es können. Ohne Alternativen. Oder haben Sie eine? Ich sage Ihnen was, jetzt, wo Sie wissen, dass Ihre ganze Unternehmung hier Blödsinn ist – Sie

lassen mich einfach frei, auf der Stelle. Dann geht jeder seiner Wege, Sie, vom Mars, und ich als übler Erdenschurke, ganz einfach. Wir wissen jetzt voneinander, das ist gut, vielleicht denke ich sogar darüber nach, dass ich von Ihnen etwas lernen sollte, Nachsicht mit Leuten wie Ihnen zum Beispiel. Ein einfaches Rollenspiel, gut und böse, das lösen wir jetzt auf. Was meinen Sie?«

Ronaldo schwieg genüsslich. Wieder Meisners Hand auf dem Tisch: »Was meinen Sie?!«

Ein Abschnippen der Asche: »Immer ruhig, Herr Meisner. Ich verurteile Sie nicht.«

»Sie müssen mich doch verurteilen. Was soll das sonst hier? Was?«

Ronaldo sah ihn gönnerisch an: »Wenn Sie möchten, kann ich gerne so tun, als ob ich Sie verurteilen würde. Eine Partie? Ich werfe Ihnen etwas vor, und Sie antworten, wie finden Sie das?«

»Was?«

»Nur ein Spielchen, Herr Meisner, wir tun so, als ob ich Ihnen etwas vorwerfen würde, ein kleiner Spaß«, lächelte Ronaldo. »Wo fangen wir an? Wie wäre es mit der Backyard Chess, der CYD Ltd., der Phalon Oil Trust, ein kleines, aber ergiebiges Konsortium, Erzabbau in Pará, Brasilien. Kennen Sie die?«, fragte er und sah auf die glühende Spitze seiner Zigarre.

»Nein.«

»Sollten Sie aber, schließlich gehört sie Ihnen. Oder die Tarrance Ltd., eingetragen in Manaus. Sie liefert Edelhölzer, wertvoll wie Öl, ein weltweiter Service. Ich glaube doch, daraus macht man in Japan, wie heißen sie noch? Diese kleinen Dinger, Mikado, stimmt. Die schnitzt man säuberlich aus Ihrem Holz. Natürlich nur das Beste für Ihre Kumpel in Tokio, das allerbeste Teak der Welt. Aber ausgleichend haben Sie da eine kleine Stiftung, die für die

Rekonstruktion von Primärlandschaften eintritt. Sehr engagiert, ihr Budget liegt bei jährlichen 14 Millionen, ein schlechtes Gewissen auf hohem Niveau, könnte man denken, insbesondere, da Ihre Rendite in Japan nur bei 80 Millionen liegt, da bleiben unter dem Strich also nur magere 66. Wie mögen Sie es, ungefähr so? Depressive Endzeitwüsteneien, böse Mikado-Mörder, Bruce Willis und Schwarzenegger, so ungefähr, das klingt doch sehr dramatisch, nicht?
All das könnte ich Ihnen vorwerfen, richtig.
Aber keine Aufregung, Herr Meisner. Ich sage ja, ich nehme Ihnen wirklich ab, dass Sie es nicht wissen, Sie wissen nicht, wer und was Ihnen gehört und was man dort tut. Wir sind uns einig, Sie müssen es nicht erklären. Es scheint mir im Übrigen auch vollkommen unmöglich zu sein, sämtliche Aktivitäten all Ihrer Firmen im Detail zu kennen, nicht? Eine lange Nahrungskette der Unkenntnis, an deren Anfang Sie stehen, nur Sie allein. Sie sind nicht zu beneiden, Herr Meisner, das Ende der Kette greift in ihren Anfang, immer.
Aber ich werfe Ihnen nichts vor. Wenn Sie wollen, kann ich Ihnen auch eine Szene machen, laut werden und Derartiges.«
»Sie werfen mir nichts vor?«, fragte Meisner leise.
»Absolut nicht. Wie langweilig wäre denn das; sehen Sie mir einfach meine kleinen Erfindungen nach, Herr Meisner, ich darf das, schließlich sind wir beide auch nur Erfindungen, ätherische Wesen, Kapseln, Blasen, Staub, Rauch.«
»Sie sind krank«, sagte Meisner.
»Als ätherisches Wesen kann ich nicht erkranken«, entgegnete Ronaldo. »Ich kann nichts greifen, fühlen, schmecken, gar nichts. Das ist die Wahrheit. Halten Sie sich das vor Augen: Ich bin nicht, Sie wurden auch niemals entführt,

es gibt all das hier nicht, es gibt nur – Sie. Sie sind alles. Sie sind das Holz, das Wasser, Erde, Luft, der Tod, das Leben, das Schicksal, ja, Sie sind selbst das Schicksal aller, die wiederum nur – Sie sind. Richtig tröstlich, wie einfach das doch alles ist. Sie sind alles, Herr Meisner, einfach – alles.«

Er schwieg kurz und sog an der Zigarre: »Ihr Reichtum trägt auch diese ätherischen Züge, Herr Meisner. Ihrer und der der anderen. Sie haben die Grenze des Vorstellbaren überschritten und befinden sich inmitten einer in sich geschlossenen Konstruktion, sogar jenseits Ihres persönlichen Wissens, wie wir eben feststellen mussten. Wenn Sie sich erinnern, es waren einmal die strukturellen Bedürfnisse, die einen materiellen Reichtum notwendig machten, Rücklagen, die Vorsorge für schlechtere Tage, die den Menschen überlebensfähiger machten als jedes der Natur ausgelieferte Tier. Jetzt sind es Menschen wie Sie, die den Bogen weiter und weiter spannen, bis zum Bersten. Es knackt und reißt an allen Enden, aber Sie dehnen ihn weiter, einfach, weil es alles ist, was Sie jemals gelernt haben. So klingt es doch richtig, nicht? Wie nennen Sie es? *Soll* bezeichnet die Notwendigkeit einer Leistung im Sinne der Ökonomie. *Haben* bezeichnet die Vollendung einer Leistung im Sinne der Ökonomie. Sehr viel *Haben* bezeichnet die Vollendung einer großen Leistung, ist somit das Erreichen einer gesellschaftlichen Potenz. Das Streben haben wir alle gemeinsam, das Erreichen hingegen ist individuell. Und Ihr Erreichen ist äußerst individuell.«

»Sind Sie besoffen oder was?«, fuhr Meisner dazwischen.

»Ganz und gar nicht. Machen wir weiter? Ich werfe Ihnen etwas vor, und Sie müssen betroffen sein – einverstanden?«

»Nur zu«, knurrte Meisner.

»Ich meine, richtig betroffen zu sein. Sie könnten zum Bei-

spiel wirklich trauern«, lächelte Ronaldo. »Das ist sehr schwer, man muss es erst lernen.«
»Weiter!«
»Wie steht es mit der Baywater Ltd.? Sie wissen ja, in Burma registriert, da baut man auch kleine Dinger, Orchideen, genau. Kleine, bunte Orchideen. Sie springen exakt vierzig Zentimeter hoch. An einem sonnigen Tag rissen sie einem Puppenkind beide Beine ab. Genau an den Knien. Die Beine flogen einhundert Meter weiter auf ein Maisfeld. In Stücken. Die Kleine war tapfer, sie weinte nicht einmal, als man ihr die Stümpfe mit einem Holzscheit ausbrannte. Sie wissen ja, Wundbrand, Insekten, Würmer und so etwas, da sollte man vorher besser das Fleisch gründlich verbrennen.«
Meisner sah ihn durch den Qualm mit zusammengekniffenen Augen an, wieder kam eine Blume aus Ronaldos Mund: »Solche Pflanzen sind Parasiten, Schmarotzer, sagt man. Sie passen sich exzellent an, manche wachsen sogar in den Himmel und schäumen über, so wie heiße Geysire. Haben Sie die einmal bei Sonnenaufgang gesehen? Ein unglaublicher Anblick, Blut, das aus der Erde steigt, höher und höher, in den Himmel, in die Sterne. Aber auch Geysire sind nur Erfindung.«
Meisner stützte sich schwer auf den Tisch: »Spinner.«
»Gut«, sagte Ronaldo. »Aber ich dachte, Sie wollten, dass ich Ihnen etwas vorwerfe. Dabei habe ich noch nicht einmal Ihre Kerngeschäfte erwähnt, Sie wissen, das Eingemachte, die Hardware – wo fangen wir an, wo hören wir auf? Die Gas-Lizenzen, Ihr inzwischen doch sehr privater Golf von Mexiko, die Chemie, die Pillen, die Banken und Bohrtürme überall; nein, Sie haben nichts ausgelassen – ein Midas der Neuzeit, was Sie anpacken, wird zu Gold. Sind Sie zufrieden? Wir können so weitermachen, ich nehme, sagen wir, 1000 Dollar die Stunde. Ist das ein gutes Angebot?«

»Was wollen Sie eigentlich?«
»Nur Ihr –«
»Nein! Es geht nicht um das Geld, verdammt, das wissen wir beide! Was wollen Sie?«
Ronaldo sagte nichts, wieder schlug Meisner auf den Tisch, noch einmal, Ronaldo blickte nur verträumt auf die Spitze seiner Zigarre: »Sie stehen für ein System, Herr Meisner. Wir ebenfalls. System steht gegen System. Welches wird wohl gewinnen? Ein gutes System hat radikal zu sein, so wie das Ihrige, das Beste von allen, das, was sich am erfolgreichsten durchgesetzt hat. Sie haben es ja hinreichend beschrieben. Aber leider wird es gegen das unsere versagen, schlicht, weil wir Sie an Radikalität übertreffen. Nichts ist radikaler als die Vernichtung. Und nichts ist schöner.«
Krank, der ist nur krank, dachte Meisner wieder.
»Gut«, sagte Ronaldo, »wenn Sie meinen.«
»Mit diesem Geld könnte man große Dinge tun, die Menschen könnten sich entwickeln, in jeder Hinsicht, sie könnten das Leben gestalten, es für alle besser, glücklicher, fortschrittlicher machen, hier, auf der Erde«, sagte Meisner. »Alles ist besser als – zu vernichten, alles!«
»Werden wir nicht rührselig, Herr Meisner. War das ein Anflug von Moral? Es scheint, dass Sie moralischer sind, als Sie zugeben wollen. Ich hingegen bin es leider nicht. Wir werden dieses Geld vernichten, wir werden der Welt zeigen, dass wir das können. Kommen Sie mir nicht mit dieser Moral, Sie und ich, wir stehen darüber, das wissen Sie, wir haben mit den Menschen da unten und deren Moral nichts zu tun. Wir sind rein an Systemen interessiert, jeder an seinem.«
»Und was ist Ihr System?«
»Mein System besteht im Bruch des Ihrigen.«
Meisner schwieg.

»Könnten Sie mit allem brechen, an das Sie jemals geglaubt haben?«, fragte Ronaldo ruhig. Meisner schloss die Augen: »Nein.«
»Sehen Sie? Genau deshalb sind Sie hier. Weil Sie es nicht können. Wir hingegen können es, nur darum geht es. Sie sind unfähig, sich gegen Ihr eigenes System zu wenden, darum muss ich es tun, warum hätten Sie mich sonst gerufen? Wir brauchen einander, eine Symbiose, nicht? Das hat etwas Gemütliches.«
Meisner spürte wieder seine Gänsehaut, es fröstelte ihn: »Sind Sie der Teufel, oder was?«
»Bestimmt. Ihr Teufel. Jeder hat seinen eigenen.«
Die gegenüberliegende Wand schien vorgerückt zu sein, wieder um einen halben Meter; einen Moment lang schien sich der Raum zu drehen, von links nach rechts, dann wieder zurück, Meisner hielt sich an der Tischkante fest, Ronaldos Stimme verlor jetzt ihren sanften Klang: »Was, glauben Sie, was ist das Wesen der Vernichtung, was ist der Sinn des Destruktiven? Gibt es einen solchen Sinn? – Die Materie entsteht, die Sonne, das Meer, Land, Flora, Fauna, dann wir, kümmerliche Zwergwesen, mit unseren Systemen. Und alles hat wieder zu gehen. Für etwas Neues, Besseres.
Das ist die Kultur des Destruktiven, Herr Meisner. Eine jede neue Kultur benötigt die Zerstörung des Vorangegangenen, einen reinen Tisch, wenn Sie so wollen.
Was glauben Sie, hat Ihr System noch weiterhin die Berechtigung, zu sein? Wenn ja, weshalb? Sind Ihre Verdienste, nennen wir sie so, nicht ersetzbar?« Ronaldo sah ihn jetzt kalt an: »Sie sind es. Denn Sie waren nicht besonders gut, fürchte ich.«
»Ich war gut«, sagte Meisner leise.
»Wenn Sie es gewesen wären, müssten wir Sie nicht korrigieren. Diese Welt ist durch die Anwesenheit Ihresgleichen nicht besser geworden. Sie haben abzutreten.«

Seine Augen fixierten Meisner ununterbrochen, dieser strampelte sich hilflos frei: »Warum? Nehmen Sie doch dieses Geld und kaufen irgendwelche Waffen, Bomben, Knarren, so etwas! Dann schießen Sie auf uns, zeigen Sie es uns doch mal so richtig, hauen Sie uns die Fresse blau, warum nicht das?«
Ronaldo amüsierte sich offensichtlich: »Sagten Sie Waffen, Bomben? Sie meinen Ihre Waffen und Ihre Bomben, oder? Das sind doch Bestandteile Ihres Systems, Herr Meisner. Man kann Sie nicht mit Ihren eigenen Waffen schlagen, diese Form von Attacke unterliegt doch bereits Ihrer Kalkulation. Nein, die Wandlung Ihres Geldes wäre immer eine Wandlung im Sinne Ihrer Systeme, Sie würden selbst noch im drohenden Untergang immer einen Mehrwert für sich und Ihr Geld erreichen, es gibt nur eine Möglichkeit – man muss es vernichten, man muss es physisch vernichten.«
»Warum? Sie haben nichts davon, ich habe nichts davon, niemand hat etwas davon, das ist doch Irrsinn!«
»Wir setzen dieses Zeichen.«
»Oder nicht doch gleich ein Monument? Hallo, seht mal alle her, hier bin ich, der Herr Fußballer, hier bin ich und setze Zeichen, folgt meinem Kreuz, zum Brüllen!«
»Daran ist nichts zum Brüllen. Es ist real.«
»Real? Ich sag Ihnen was, real ist daran nur, dass Sie etwas toller sein wollen als alle anderen, das meinen Sie doch mit Ihrem dummen System da. Was wollen Sie? Ein bisschen Liebe, ein paar Streicheleinheiten, Anerkennung? Schlechte Kindheit gehabt, was? Sie wollen doch einfach nur ein bisschen unsterblich werden, jeder soll Sie kennen, der da, das war doch dieser Clown mit seinen dreißig Kellern, der damals – so in der Art.«
»Wenn Sie meinen.«
»Ja, das meine ich! Sie können mir nicht erzählen, dass Sie

mit Ihren Zeichen zu Ihrem Geld gekommen sind. Einfach, weil das nicht geht, das wissen Sie genauso gut wie ich. Geld zu verdienen, viel Geld zu verdienen, das ist doch eine ziemlich unsensible Angelegenheit, oder?«
»Ich habe Glück gehabt«, sagte Ronaldo.
»Glück? Erzählen Sie das einem anderen. Ich kenne mich aus.«
»Meine Würfel fielen richtig. So sagt man doch, nicht?«
»Ein Spekulant? Auch das noch.«
Ronaldo schüttelte den Kopf: »Ich sagte nur, dass meine Würfel richtig fielen. Glück eben.«
Meisner lachte weiter und genoss dieses neue Gefühl der Überlegenheit: »Würfel. Für ein paar Milliönchen kann das reichen, ja. Peinlich, sogar darin sind Sie ein Anfänger. Herrgott, was mache ich hier überhaupt?! Muss mich hier von einem Amateur löchern lassen? Das ist peinlich, nur peinlich.«
»Aber dieser Amateur hindert Sie im Moment erfolgreich daran, Ihren Geschäften nachzugehen«, sagte Ronaldo. »Was meinen Sie, was kostet es Ihr Unternehmen, wenn Sie drei Tage lang auf Eis gelegt sind? Was kostet es womöglich die Gesamtheit der westlichen Volkswirtschaften? Entschuldigung, die gesamte globale Wirtschaft? Eine Menge, denke ich. Nur bedingt durch die kleine, aber feine Tatsache, dass Sie wenige Stunden nicht aktiv sein können. Ein erster historischer Erfolg, meinen Sie nicht?«
»Sie könnten besser ein paar Nutten umbringen oder so etwas. Dann gehen Sie auch in die Geschichte ein. Ist einfacher. Und billiger. Die Geschichte gibt es mit ein paar Schlagzeilen umsonst. Deshalb ist sie auch nichts wert«, sagte Meisner. »Da fällt das Geld vom Himmel, und jeder kennt Sie, jeder liebt Sie auf einmal, nur darum geht's Ihnen. Für diesen einen egomanischen Moment versetzen Sie die Welt in Schrecken, ruinieren Hunderttausende. Ein

Marketing-Gag, nicht mehr. Sie sollten sich Ihr Ding da noch einmal überlegen. Ganz in Ruhe.«

»Was, bitte?«, fragte Ronaldo ruhig.

»Stellen Sie sich vor, wir sitzen in einem Café, irgendwo, sagen wir an einem schönen Pariser Boulevard oder in unserem Bristol. Und wir plaudern ein bisschen, nur so. Zum Beispiel darüber, was ich alles, ganz freiwillig, mit meinem Geld anstellen könnte. Ich könnte es verschenken, einen großen Teil davon, sagen wir 10 Milliarden.«

»Sie geben einfach nicht auf«, stellte Ronaldo mit einem gespielten Seufzen fest.

»Ich meine es ernst«, sagte Meisner.

»Sie wollen etwas verschenken?«, lächelte Ronaldo belustigt.

»Verschenken. Genau.«

»Ihr Geld verschenken? Seien Sie ehrlich, genau das wäre das Letzte, was Sie tun würden. Denn es geht um Ihre Macht, um nichts anderes, dieses Geld ist der Maßstab Ihrer unendlichen Macht. Ihre Macht basiert darauf, dass andere machtlos sind, das Wesen und der Antrieb des Habens setzt voraus, dass sehr viele nichts haben. Sonst hätte Ihr Haben keinen Wert. Kommen Sie, das wissen wir doch beide, Herr Meisner. Wir verschenken nichts.«

Meisner sah den Servierwagen hinter Ronaldo stehen. »Na gut. Mit Ihnen kann man nicht wirklich streiten. Sehr standhaft. Wie steht's mit Ihrem Hunger?«

Aus den Augenwinkeln suchte er die Gegenstände auf dem Wagen ab, Ronaldo blickte an die Decke, auf das Holzpferd. »Sie möchten essen? Gerne, ich bereite es uns zu.«

Meisner sah das Bratenmesser, nicht sehr groß, aber ausreichend, sein Blick blieb an der Schneide hängen. »Nein, nein, diesmal ist das meine Sache. Ist der Braten geschnitten?«

»Wo denken Sie hin?«, sagte Ronaldo. »Natürlich nicht, solch einen Braten schneidet man erst kurz vor dem Essen an.«
Meisner stand auf: »Dann wäre es mir eine Freude, das jetzt zu tun.«
»Aber Sie sind unser Gast.«
»Auch ein Gast kann ja mal etwas tun«, sagte Meisner und ging zum Servierwagen; er zögerte kurz und warf einen Blick über die Schulter, Ronaldo saß von ihm abgewandt, schaute immer noch abwesend nach oben.
»Das Fleisch«, sagte Meisner. »Und das Leben selbst, was meinen Sie? Ein Konstrukt, alles ganz beliebig? Wir sind unzählige, verschiebbare Sandkörner in einem bis zum Rand gefüllten Terrarium, nur unsere aktuelle Position macht aus uns einen Tisch, Stuhl, einen Gartenzwerg oder einen Menschen. Alles ist eine Frage dieser Positionen, Herr Fußballer. Alles nur Facetten, alles nur Bruchstücke des Ganzen, des Wahren. Alles Systeme, an die wir glauben. Sie könnten mir ja einmal erklären, wie das so ist, wenn man an etwas glaubt. An Ihr System. Das ist bestimmt spannend.«
»Sie glauben einfach«, sagte Ronaldo und blickte weiter in den blauen Qualm. Ein Lamm kam jetzt aus seinem Mund und schwebte langsam zur Decke hoch.
Meisner sah das Lamm: »Nein. Das Leben ist eine einfache und faktische Sache, nur das. Man tut etwas. Zwischen dem Anfang und dem Ende.«
Er ging zu Ronaldo hinüber und stach ihm mit Wucht das Messer in den Rücken. Dieser sank zu Boden und blieb reglos liegen.
Meisner stand wie angewurzelt, atmete stoßweise, kein Zucken war zu erkennen, nichts, da war nur ein lebloser Körper. Schnell ging er zur Tür und rüttelte an der Klinke, sie bewegte sich nicht; er eilte zu Ronaldo zurück und

durchsuchte schnell seine Jacke, fand aber keinen Schlüssel. Es musste einen Schlüssel geben, dachte er und tastete auch die Hosentaschen ab, erfolglos, er setzte sich wieder auf den Stuhl und blickte auf den gekrümmt daliegenden Körper. Übelkeit stieg in ihm hoch.

Ich habe mich umgebracht.

Er rieb sich die nassen Augen und starrte auf den Liegenden. Die Tränen liefen ihm jetzt über die Wangen, tropften vor ihm auf den Boden, er vergrub das Gesicht in den Händen.

Komm wieder zurück, Junge, steh auf!

Es war still.

6.

Le Bristol, Paris.
Der Geschäftsführer kam ihm entgegen und zuckte hilflos mit den Schultern, scheußlich sei das, wirklich unangenehm, so ein junger Mensch, in solch einem famosen Alter, so etwas, und ausgerechnet direkt vor seiner Suite? Das habe man ja nicht ahnen können, sehr unangenehm sei das, natürlich dringe nichts nach draußen, er müsse sich keine Sorgen machen, aber wirklich, der arme Kerl; nein, man wisse nicht, ob er Familie habe, würde aber alles Notwendige in die Wege leiten; ja, der Anblick sei kein schöner gewesen, der Service habe ihn gefunden, man habe sofort alle nach Hause geschickt, wegen des Schocks. Also, sich diese Pistole einfach so unter das Kinn zu halten, das sei schon frech, selbst noch die Wand neben der Tür habe ja ausgesehen, mein Gott, so etwas sehe man selten, eigentlich nur in Filmen; auch das schöne Porträt von Diderot sei jetzt beschmutzt, von all dem Blut, er könne sich das wirklich nicht erklären, es tue ihm unendlich leid. Und selbstredend habe man bereits die Suite im Achten für ihn eingerichtet, sein Gepäck sei schon dort.
Er nickte nur kurz, um dann nach draußen zu gehen, an die frische Luft, für einen Moment. Niemand hatte damit gerechnet, dass Reyle seine Drohung wahr machen würde, sich umbringen, direkt vor seiner Tür; doch nicht wegen

des Geldes, des Geschäfts, das war absurd, der Mann war labil, es musste andere Gründe geben, andere Gründe, ja. Wegen eines Ruins brachte man sich niemals um, das gehörte zu den Spielregeln. Aber er hatte es getan. Noch am Vorabend hatte er damit gedroht, doch er hatte ihn abgewiesen und war hart geblieben, aus Mitleid machte man keine Geschäfte, das bessere Angebot zählte, auch das waren die Spielregeln.
Er ging in die Empfangshalle und setzte sich auf die Couch; er hörte, wie zwei Angestellte über den Vorfall, wie sie es nannten, tuschelten. Der habe da vor dieser Tür gelegen, gekrümmt, mit durchschossenem Kopf, die Tür sei voller Blut gewesen, wie im Horrorfilm, rotes Blut auf weißer Tür, ein Kontrast sei das gewesen, so, als ob der es besonders deutlich gewollt habe, unglaublich, so etwas.
Bestimmt hatte er einen Schock, an diesem Tag, auf dieser Couch. Vielleicht lag es daran, dass er diese Hände neben sich überhaupt wahrnahm, wie sie teilnahmslos auf den Knien lagen, so, als gäbe es nichts weiter zu tun. Feingliedrige Hände, nicht von dieser Welt.
Er blickte wieder auf den reglosen Körper vor sich, schloss dann die Augen.

New York.
Jansen saß ihm mit ein paar Leuten gegenüber, vor ihm ein Notebook und einige Papiere, es sei durchaus noch etwas zu machen, sagte er, aber um ein weiteres Investment komme man nicht herum, mit rund 200 Millionen müsse man rechnen, sicher, das sei viel, aber die Liquidierungskosten allein, besonders die Abfindungen, betrügen schon 73 Millionen, zuzüglich diverser Unwägbarkeiten durch die US-Behörden. Alles in allem sei es ratsam, die Firma noch eine Weile zu erhalten, nach der nächsten Wahl könne man noch einmal in die Bücher sehen. Die Anwesenden

nickten zustimmend, man machte sich kurze Notizen. »Welche Abfindungen?«, hatte er dann gefragt, »welche Abfindungen, Jansen, dazu noch in einer solchen Höhe?« Jansen verwies auf die Gepflogenheiten in den USA, an die sei man moralisch gebunden, man erwarte das einfach. Zudem sei ein Großteil des Personals angesiedelt worden, das allein betreffe mehr als fünfzig Familien, von den neu gegründeten Zulieferern ganz zu schweigen. »Und Sie meinen, dass diese Gepflogenheiten unser Problem sind, wenn die Firma in Europa eingetragen ist?«, hakte er nach. Jansen schwieg zunächst, sprach dann von möglichen Konsequenzen, im Übrigen könne man diese Leute ja nicht einfach ihrem Schicksal überlassen. Er ließ ihn ausreden und sah dann sehr lange in die Runde, einige senkten den Blick, andere fixierten die Spitzen ihrer Kugelschreiber. »Meine Herren«, sagte er schließlich leise, »Sie enttäuschen mich, wir sind hier, um Ballast abzuwerfen, und nicht, um neuen anzuhäufen, Ihre verschissene Moral und Ihre Gepflogenheiten vor allen Dingen. Wir werden liquidieren, und zwar noch heute. Keine Abfindungen.« Es blieb still im Raum, einige sahen sich betreten an. Jansen wandte mit stockender Stimme ein, man rede in diesem Fall über den Niedergang einer ganzen Region; woraufhin er gelächelt hatte, sicher, eine ganze Region, nördlich von Chicago sei das doch, viel Wald dort, auf dem Gelände böte sich sicher so ein dämlicher Freizeitpark an, mit ausgestopften Elchen und Bären, Hüpfburgen, einem Minigolfplatz, so etwas, die Gegend hätte später einmal Potenzial, aber nicht heute. »Sie werden ab morgen sämtliche Konten sperren, Jansen, es geht kein Cent mehr raus, haben wir uns verstanden? Ende der Unterhaltung.« Er erhob sich, die Runde löste sich auf, niemand gab einen Ton von sich. Jemand klappte sein Notebook zu und strich mit den Händen noch einmal kurz darüber, feine, aristokratische Hände. Ein dunkler Anzug und eine teure Frisur gehörten dazu, aber das Gesicht fehlte in seiner Erinnerung.

Frankfurt.
Der Notar sah blass aus, seine Züge waren markant, die Augen lagen tief in den Höhlen und die Wangenknochen stachen deutlich hervor; so würde man sich den Sensenmann vorstellen, dachte Meisner und rieb das Papier zwischen seinen Fingern. Die Entmündigung sei damit rechtskräftig, sagte der Schädel, natürlich sei das bedauernswert, aber es sei die einzig richtige Entscheidung, nicht zuletzt hinge ja auch das Wohl der Firma davon ab; was die weiteren Überschreibungen anbelange, wäre man am Ball, ein Großteil sei schon abgewickelt. Allerdings sei es ratsam, seine Frau damit nicht allzu sehr zu bedrängen, sie müsse das alles sicher erst verarbeiten. »Das lassen Sie ruhig meine Sorge sein«, sagte er und rieb weiter an dem Formular, sie sei schon sehr einsichtig, in jeder Hinsicht. Der Schädel blickte von den Papieren auf, natürlich, sie sei ja eine starke Frau, aber man dürfe nicht vergessen, dass es hier um ihren Vater ginge, das sei schon ein Schicksalsschlag. Aber das mit dem Haus sei so weit auch geregelt, ein wirklich nettes Dorf sei das, da habe er seine Ruhe, die Strecke nach Frankfurt sei zudem kaum der Rede wert. Jetzt blieben noch die Abtretungserklärungen zu seinen Gunsten, man sei so weit. Was er von der Formulierung halte?
Er blätterte in den Seiten und sah Karins krakelige Unterschriften, sie hatte beim Schreiben wohl gezittert. Es sah kindlich aus, etwas lächerlich. Er nickte zustimmend, der Notar hielt ihm einen Füllhalter hin, energisch unterschrieb er die letzte Seite und schob den Ordner zurück über den Tisch. »Ich gratuliere, Herr Meisner«, sagte der Schädel, »für alle Beteiligten ist das sicherlich das Beste.«
Er ging dann die gewundene Treppe hinab, unten öffnete

man ihm die Tür, und er trat hinaus. Die Kanzlei befand sich im Westend, ein gepflegtes Grundstück umgab sie, es war Frühling. Sein Frühling, so fühlte es sich an, sein Glück. Er sah ein Eichhörnchen in den Bäumen umherspringen, lächelte ihm zu und trat auf die Straße. Ein Taxi stand parat, er setzte sich in den Fond und nannte die Adresse, der Wagen fuhr an. Die feinen Hände des Fahrers umgriffen geschmeidig das Lenkrad, drehten es in den Kurven elegant mit nur drei Fingern, es war schön anzusehen; der Wagen hielt. »Wir sind da, Herr Meisner«, sagte die Stimme von vorne. Erst später war ihm aufgefallen, dass er dem Mann nie seinen Namen genannt hatte.

Lausanne.
Der Waggon war restlos überfüllt, man zog und schob noch die Koffer durch die Gänge, und die Schaffner riefen bereits auf den Bahnsteig hinaus. Der Zug fuhr geräuschvoll an, er stemmte seinen Koffer in die Ablage über ihm, stieß dabei an andere, ein älterer Herr sah ihn daraufhin missbilligend an, es war ihm anzusehen, was er dachte, diese missratene Jugend von heute kannte keine Manieren.
Lausanne verschwand hinter den Fenstern; er blickte hinaus auf die Landschaft, und Wehmut überkam ihn. Ein kleiner Spiegel an der Wand des Abteils zeigte ihm den neuen Anzug, den er trug, er saß gut, seine Mutter hatte noch kurz zuvor die Ärmel gekürzt. Am Küchentisch, im flackernden Licht einer Petroleumlampe. Mit Strom hatte man sorgsam umzugehen im Wallis dieser Zeit, nicht alle Gegenden wurden regelmäßig versorgt, die abgelegenen Höfe, so einer wie ihrer, schon gar nicht. Sie zog das Garn mit einer Nadel durch den Stoff, biss dann das Ende ab, verknüpfte es und hielt den Anzug hoch; darin sehe er wenigstens anständig aus in Frankfurt, man erwarte dort

schließlich einen gepflegten Jungen. Auch der Vater begutachtete das Werk, gute Arbeit, brummte er, er solle ihm bloß keine Schande machen, in diesem Anzug.
Er griff nach dem Brief in der Brusttasche, beruhigt stellte er fest, dass er sich noch immer dort befand, der Brief des Vaters; die einfachen Worte eines Bauern an dessen Stiefbruder Wilhelm, der im Frankfurter Zentrum in einer Bank arbeitete, in leitender Funktion; der habe es weit gebracht, der Wilhelm, hieß es immer.
Er stand auf und ging zum Speisewagen. Sein Budget für die Zugreise lag bei fünf Franken, das reichte für ein kleines Frühstück. Er quetschte sich an den in den Gängen stehenden Zuggästen vorbei, erspähte einen freien Platz zwischen den Essenden und setzte sich; der Waggon schlingerte stark, und der Inhalt einer Teetasse ergoss sich über seinen Anzug. Der Tee lief in hässlichen Bächen an ihm herunter, da half auch kein verzweifeltes Wischen mit den Händen. Es tue ihr unendlich leid, die junge Frau bemühte sich mit einem angefeuchteten Taschentuch, die gröbsten Flecken zu reinigen, aussichtslos. Während sie mehrfach wiederholte, wie leid es ihr tue, sah er sie mit großen Augen an; nach einigen weiteren Sätzen stellte sie sich dann vor, sie sei Anne. Auch sie fuhr nach Frankfurt, um dort eine Lehre als Krankenschwester zu beginnen. Sie redeten ohne Unterlass, bis sie schließlich den Main erreichten, zu diesem Zeitpunkt schon vollends ineinander verliebt.
Das dann folgende Jahr war wohl das glücklichste in seinem Leben; sein Onkel konnte in der Bank zwar nichts für ihn erreichen, hatte deshalb aber ein solch schlechtes Gewissen, dass er ihn schließlich erfolgreich bei einem Kunden der Bank, der Tannert KG unterbrachte, die damals bereits zu den weltweit operierenden Unternehmen der Stadt zählte.

Die tägliche Arbeitszeit betrug in der Regel zwölf Stunden, so dass ihm nur die Wochenenden blieben, um Anne zu sehen. Sie gingen dann manchmal ins Konzert, sie verehrte Mendelssohn Bartholdy, aber zumeist verbrachten sie ihre Zeit mit Fahrradausflügen in den nahen Taunus, zu ihrem Bach, zu ihrer Stelle. Bis zu dem Tag, als er das Boot auf den Weiher ruderte.

Er sah weiterhin auf den am Boden liegenden Ronaldo, auf dessen Hände, seitlich neben dem Körper.

Sie zuckten.

Ein Bein bewegte sich leicht.

Es winkelte sich an, die Arme stemmten den Körper langsam hoch in die Hocke. Eine Hand rieb den Rücken, die andere fuhr durch das zerzauste Haar, der Schmerz war kurz im Gesicht abzulesen.

Meisner starrte ihn ungläubig an, Ronaldo lächelte wie immer: »Das war nicht sehr höflich von Ihnen. Einem unbewaffneten Mann in den Rücken zu stechen.«

Meisner brachte nur ein *mein Gott* hervor, Ronaldo wiederholte: »Wirklich nicht sehr höflich.«

Meisner stammelte: »Sie müssten tot sein.«

»Ja? Dann habe ich ja noch einmal Glück gehabt, nicht?«

»Mein Gott, wer sind Sie?«

»Ich habe mich bereits vorgestellt, Herr Meisner.«

»Wer sind Sie?«, fragte Meisner wieder.

»Was möchten Sie? Ein Traum? Oder habe ich vielleicht nur eine stichfeste Bleiweste an? Was möchten Sie haben? Wählen Sie, das Leben ist ein Konstrukt, das sagen Sie doch selbst, Sie sind der Architekt«, sagte Ronaldo.

Er strich sich den Hemdkragen wieder glatt. »Vielleicht hätten wir uns eben auch nicht so streiten sollen, machen Sie sich keine Gedanken. Sie sind halt ein schnell entschlossener Mann. Es war zu erwarten, das ging aus Ihrem psychologischen Profil eindeutig hervor.«

Meisner rieb sich das Gesicht. »Ich wollte nicht –«
»Doch, Sie wollten. Aber es schmeichelt mir natürlich, dass es Ihnen jetzt anscheinend leidtut. Entschuldigung angenommen! Was sagen Sie?«
Ronaldo streckte die Hand aus, Meisner nahm sie nach kurzem Zögern: »Danke.«
Ronaldo drückte die Hand fester: »Sie sind ein wirklicher Profi, was Problembeseitigungen anbelangt.«
»Ich sagte doch, ich wollte nicht –«
»Entschuldigung jetzt schon zweimal angenommen. Ich hoffe, Ihnen war in meiner Abwesenheit nicht zu langweilig?«
»Nein, ich –«
»Sie haben wieder geträumt. Das scheint Ihnen hier recht oft zu gelingen, sehr gut. Träume sind ein Tor, Herr Meisner, sie erlauben uns einen unverstellten Blick auf unsere Angelegenheiten, auf die Wahrheit. Sofern wir sie zulassen, diese – Wahrheit.« Er schwieg kurz. »Ich denke, Sie möchten das hören?«
Meisner lauschte in den Raum. Ferne Töne, anschwellend, dann schwindend. Ronaldo sah ihn lange an: »Die Hebriden. Sehr schön, nicht wahr? Und schon wieder vorbei. Schade.«
Meisner nickte und fuhr sich über die nassen Augen, die Tränen liefen an seinen Wangen hinab, er machte keinen Versuch, sie wegzuwischen.
»Die Stille ist ein fürchterlicher Feind. Ein mächtiger Feind, finden Sie nicht auch?«, sagte Ronaldo, sehr leise.
»Ja.«
Ronaldo strich ihm über die Schulter, klopfte sie leicht. »Sie denken seit fünfzig Jahren an sie. Das ist eine lange Zeit. Sie hätten sie anrufen können.«
»Ich weiß«, sagte Meisner.
»Seit Wochen denken Sie daran.«

»Ich konnte es nicht.«
»Das schlechte Gewissen, sicher. Sie hätten einiges erklären müssen, das von damals, am Weiher. Trotzdem denken Sie immer an sie. Fünfzig Jahre lang. Sie wollten sie heute anrufen, wissen Sie noch?«
»Ja.«
»Vielleicht, um Ihr Leben zu ändern? Um alles zu ändern?«, fragte Ronaldo.
»Ja.«
»Dann kamen wir ja ganz passend, nicht? Vielleicht, um etwas – nachzuhelfen? Hätten Sie das getan, Herr Meisner, hätten Sie wirklich alles verändert?«
»Nein.«
»Genau. Sie hätten es nicht getan. Und deshalb haben Sie sehr viel verloren, Herr Meisner. Außerordentlich viel.«
Meisner sah ihn ruhig an: »Sie haben recht. Für manche Korrekturen ist es zu spät. Deshalb habe ich sie nicht angerufen.«
»Ihnen bleibt die Erinnerung«, sagte Ronaldo. »Aber immerhin. Es ist gut, dass wir uns erinnern können. Erinnerungen und Träume, was wären wir ohne sie? Wenig. Sehr wenig. Wir wären ja nur – faktisch. Wie langweilig. Sie möchten sich sicher waschen, umziehen?«
»Ja.«
»Sehr gut. Dann werde ich Sie –«
»Nein«, sagte Meisner schnell, »bleiben Sie hier.«
Er schwieg kurz, fügte dann ein *Bitte* hinzu. Ronaldo zuckte mit den Schultern: »Wie Sie wünschen. Schließlich –«
»Sind Sie ja mein Betreuer, nicht?«, stellte Meisner fest.
»In der Tat, ja, Ihr Betreuer, Sie haben recht.«
Meisner sah ihn mit emotionslosem Gesicht an, ging zum Waschbecken und wusch sich, blickte dann lang und wortlos in den Spiegel, sah dort die Landschaft des Wallis, grün und sauber strahlte sie ihn an. Auf der vertrauten Anhöhe

konnte er den elterlichen Hof erkennen, der Vater ging gerade zum Hühnerstall hinüber, mit einer kurzstieligen Axt in der Hand; an solchen Tagen hatte seine Mutter Hühnchen zubereitet, etwas Ordentliches, wie man das nannte. Sie saß dann stets draußen und rupfte die Federn aus den toten Körpern, sehr schnell und griffsicher, er stand gewöhnlich daneben und sah ihr dabei zu, sah ihre groben Hände, von Rissen überzogen, die Hände einer Bäuerin. Sie war sich immer sicher gewesen, dass aus ihm eines Tages etwas Besseres werden würde, ein feiner Herr, jemand, der die Welt kennenlernen würde. Sie starb früh, das harte Leben im Wallis verlangte seinen Preis. Wieder wurde es nass um seine Augen.

Er öffnete den Koffer, obenauf lag sein alter Anzug, die Stiche im Futter des Ärmels waren noch zu sehen. Seine Mundwinkel zuckten unwillkürlich, er legte den Anzug beiseite und nahm einen anderen heraus. Ronaldo zog einen Stuhl zu sich heran und sah Meisner beim Ankleiden zu: »Wissen Sie noch, wie Sie als kleiner Junge immer Angst hatten, davor, dass Sie nicht mehr da sein würden? Nicht einfach nur nicht mehr dort, sondern – dass Sie gar nicht mehr wären? Es war fürchterlich.«

»Ja«, sagte Meisner tonlos.

»Sie lagen im Bett und zogen sich die Decke über den Kopf, blieben hellwach, die ganze Nacht hindurch. Sie hatten Angst, nackte Angst; wissen Sie, was für eine Art von Angst das war?«

Meisner schwieg.

»Es war die Angst vor dem – Nichts«, fuhr Ronaldo fort. »Dass Sie eines Tages nicht mehr existent wären; und es auch niemals wieder sein würden – niemals. Es würde nichts bleiben, kein Wille, keine Physis, kein Bewusstsein von dem, was Sie sind oder waren. Denn Sie hatten bereits damals eine Ahnung davon, dass Bewusstsein immer nur ein

Bewusstsein von etwas sein konnte, nicht? Von den Dingen, die uns umgeben. Deshalb hatten Sie panische Angst davor, dass man Ihnen etwas wegnehmen könnte.«
»Ja«, keuchte Meisner.
»Vielleicht fing es auch damals an, dass Sie an Gegenstände gedacht haben, die Sie besitzen wollten, an sehr viele Gegenstände, an dieses Futter für das Bewusstsein, das nie aufhören will zu sein. Diese Dinge sind zu Ihrer Seele geworden, Herr Meisner, gestatten Sie mir diesen, ja, doch, etwas obsoleten Ausdruck. Das ist durchaus interessant, meinen Sie nicht auch? Mit je mehr Dingen man sich umgibt, umso größer wächst sich unser Bewusstsein in dieser Welt aus, und umso ferner rückt das – Nichts, umso sicherer sind wir vor diesem Nichts, umso besser füllen wir es immer wieder auf, oder? So fühlen wir, so denken wir, so sind wir, als kleiner Junge im Bett, mit tränennassen Laken, und ebenso im Dunkel einer Kammer ohne Ausgang, gefangen in uns selbst. Und es hört nie auf.«
Meisner knöpfte sich das Hemd zu. »Es war noch mehr in diesem Bett«, lächelte er, »viele Dinge.«
»Ich weiß«, sagte Ronaldo. »Ein abgewetzter Stoffbär, ein Holzpferd, das knackte, wenn Sie darauf saßen, die üblichen Dinge, die ein kleiner Junge mit in sein Bett nimmt. In dieser Hinsicht waren Sie vollkommen normal.«
»Ich war alles in diesem Bett«, sagte Meisner.
»So wie heute«, nickte Ronaldo. »Sie sind *der Meisner*. Sie sind alles. Sie haben es geschafft, die Welt, Ihre Welt, zu füllen, alles kreist um Sie, alle schauen zu Ihnen hoch, Sie haben das Nichts überwunden, zumindest auf Erden. Das gilt es zu bewundern.«
Er klatschte ein wenig in die Hände.
»Lassen Sie das«, sagte Meisner.
»Dabei hätten Sie nur einmal verlieren müssen, das wäre alles gewesen.«

»Ja«, sagte Meisner tonlos und band sich die Krawatte. Ronaldo rückte mit dem Stuhl heran. »Aber, Herr Meisner, ich denke, wir sollten kein Trübsal blasen, oder? Als Ihr Betreuer fühle ich mich für Ihr Wohlbefinden verantwortlich, es ist meine Pflicht, vergessen Sie das bitte nicht.«
»Es geht mir gut«, sagte Meisner. Ronaldo stand auf und half ihm in den Anzug. »Aber das ist doch keine Stimmung hier, wie auf dem Friedhof, kaum auszuhalten, wissen Sie was, wir machen es uns schön gemütlich und amüsieren uns ein bisschen, was sagen Sie? Ein Spielchen? Sie sind ein Meister im Würfelspiel, Sie gewinnen immer, man sagt Ihnen das nach.«
»Welches?«, fragte Meisner.
»Nun, dann sehen wir doch einmal, was wir im Angebot hätten, was meinen Sie?«, lächelte er. »Was möchten Sie sehen? Baden-Baden, das Casino? Las Vegas, das Bellagio, das Caesars Palace? Nein, das ist ja unter Ihrem Niveau, doch besser die Bahamas? Oder Monte Carlo, was halten Sie von Monte Carlo?«
Meisner lachte: »Sie Spinner.«
»Aber schauen Sie mal, was dieser Spinner alles kann, steigen wir ein? Nach Ihnen bitte.«
Ronaldo hielt ihm die Autotür auf, nach einem kurzen Zögern stieg er ein. Der Chauffeur begrüßte sie mit einem *Bonsoir, Messieurs* und fuhr langsam über den Boulevard des Moulins, es war ein lauer Sommerabend, und in den unzähligen Straßencafés tummelte sich ein buntes Publikum; Meisner sah Feuerspucker, lebende Statuen, Akrobaten, umringt von Passanten. Ronaldo wies auf das Casino, das hell erleuchtet bereits in Sichtweite lag. Der Wagen bog ab und stoppte sanft vor dem ausladenden Entree; einige uniformierte Angestellte eilten heran und öffneten ihnen mit einem Diener die Türen, sie stiegen aus. Sofort

kam Bewegung in die Menge der Schaulustigen, die sich hinter der Absperrung versammelt hatte, er hörte den Jubel und sah, wie Ronaldo kurz hinüberging, um einige Autogramme zu geben, dabei lächelte er Meisner entschuldigend an: »Was man nicht alles tut, ja?«

Im Foyer empfing sie der Geschäftsführer, das sei ja eine außerordentliche Ehre, sie heute begrüßen zu dürfen, sie hätten natürlich die freie Tischwahl, der Champagner ginge aufs Haus, das sei ja wohl selbstverständlich, man solle doch bitte eintreten. Meisner sah sich um, das Casino war wie immer gut besucht, elegante Herren und extravagant gekleidete Damen standen in Trauben um die Spieltische, einige Gesichter sahen bewundernd zu Meisner herüber, tuschelten dann miteinander, er sah weg.

Ronaldo schritt zielsicher auf einen der Spieltische zu: »Da sind wir. Was halten Sie davon? Wir können auch in ein anderes –«

Meisner blickte ihn scharf an: »Lassen Sie nur, so kommt Ihr Anzug endlich zur Geltung, ein passendes Umfeld für das teure Ding.«

»Da haben Sie recht. Setzen wir uns. Wir spielen etwas Einfaches, was meinen Sie? Nur ein Würfel. Sie würfeln eine Zahl, ich setze darauf, dass ich Sie mit einer höheren übertreffe. Setze ich nicht darauf, kostet es die Grundeinheit, sagen wir 1000 Dollar? Fangen Sie an?«

»Das ist nicht real«, sagte Meisner.

»Oh doch. Es ist – ein Spiel. Und so real, wie Sie es haben wollen. Legen Sie los. Bitte.«

Der Geschäftsführer stand abseits, lächelte ihnen weiter zu und gab den Angestellten eilige Anweisungen; der Croupier brachte den Würfel auf einem Tablett, drehte ihn dort deutlich sichtbar mehrmals herum und reichte ihn Meisner. Dieser zögerte kurz, blickte Ronaldo skeptisch an und würfelte dann eine Drei.

Ronaldo sah belustigt auf die Zahl: »Was meinen Sie, ein mittleres Risiko? Gleiche Chancen zwischen Gewinn und Verlust, ich setze, sagen wir, 2000 Dollar.«

Er würfelte eine Zwei. »Sie haben gewonnen. 2000 Dollar. Gratulation. Jetzt ich.«

Er würfelte wieder eine Zwei. »Und? Ihr Einsatz? Beste Gewinnchancen bei einer Zwei.«

»1000 Dollar«, sagte Meisner.

»Sie sind vorsichtig. Bei einer Zwei stehen die Gewinnchancen vier zu zwei für Sie. Gut, würfeln Sie.«

Meisner würfelte knapp, eine Vier.

»Sehen Sie? Gewonnen. Das macht nun insgesamt 3000 Dollar zu Ihren Gunsten. Ich stehe bei Ihnen in der Kreide.«

»Dafür, dass Sie tot sein müssten, sind Sie noch sehr witzig«, sagte Meisner.

»Sie sind dran, legen Sie vor.«

Meisner würfelte eine Fünf.

»Sehr gut, Herr Meisner. Da werde ich kaum drüber kommen, eine Chance von eins zu fünf, ich schiebe 1000 auf Ihre 3000. Macht 4000 für Sie. Aber sehen wir – jetzt.«

Ronaldo würfelte eine Vier. »Schon besser. Trauen Sie sich?«

Meisner lachte kurz: »Ich habe mich gerade dafür entschieden, dass Sie ein Alptraum sind; Alpträume sind nicht real, auch Ihr verdammter Würfel nicht, 10.000 setze ich.«

»Mutig, bei einer Chance von zwei zu vier gegen Sie«, sagte Ronaldo.

Meisner würfelte. Eine Fünf. Er lehnte sich zurück, lächelte scharf: »Und?«

»Gratulation, Ihr Ruf ist berechtigt. 14.000 Dollar für Sie. Ich bin dabei, mich hoch zu verschulden. Legen Sie vor«, sagte Ronaldo.

Ein kurzer Wurf, Meisner würfelte eine Eins. »Ein Geschenk für Sie.«

»In der Tat. Ich setze 100.000«, sagte Ronaldo.
Er würfelte eine Eins, Meisner lachte laut: »Es fragt sich, wer am Ende von wem Geld bekommt; Sie schulden mir 114.000 Dollar, mein Herr Entführer.«
»Sie sind offensichtlich ein Meister Ihres Fachs. Ein Spezialist in Sachen unbegrenzter Geldanhäufung. Wissen Sie, was man sagt?«
»Was?«
»Dass ein Milliardär in jedem möglichen Leben ein Milliardär sein wird. Ein Milliardär zieht das Geld nahezu magisch an, es kommt zu ihm wie Bienen zum Honig. Glauben Sie, da ist etwas dran?«
Meisner schaute überlegen: »Absolut. Ihre Leute haben auch Ambrecht?«
»Ja, warum?«
»Im vergangenen Jahr hat er im Lotto gewonnen. 3,5 Millionen.«
Ronaldo mimte den Erstaunten: »Sie meinen, er spielte Lotto? Als Milliardär?«
»Er spielt wöchentlich, und hat auch mehrmals gewonnen. Des Öfteren ein paar Millionen.
»Unglaublich. – Ihre Zahl?«
Meisner würfelte eine Drei. »Und? Gehen wir ans Eingemachte?«
»Warum kleinlich? Ich setze eine halbe Million«, sagte Ronaldo und würfelte eine Zwei. Einen Moment lang starrte er auf die zwei Punkte, blickte dann Meisner wie entschuldigend an, dieser lachte schallend. Ronaldo lächelte verlegen: »Es bleibt festzuhalten, dass Geldvermehrung wirklich ein sehr elitärer Prozess ist. Sie haben gewonnen. 614.000 Dollar. Jetzt mein Wurf für Sie.«
Er würfelte eine Vier. »Und? Vier zu zwei gegen Sie.«
»Ihre 614.000. Einverstanden?« Meisner strahlte, das Spiel bereitete ihm zunehmend Spaß, er würfelte eine Sechs und

sah sein Gegenüber auffordernd an. Ronaldo schüttelte mit dem Kopf: »Haben Sie überhaupt jemals verloren?«
»Noch nie. Jedenfalls nicht in der Realität. Was sagt die Kasse?
»1.228.000 für Sie. Geben Sie mir vor.«
»Sie wollen weitermachen? In einer halben Stunde wird es mit Ihren 85 Millionen vorbei sein, und Sie werden mich um etwas Taxigeld anbetteln müssen. Überlegen Sie sich das, Spielschulden sind Ehrenschulden, und Sie sind doch ein Ehrenmann, oder?«, sagte Meisner mit drohendem Unterton.
Ronaldos Stimme blieb ruhig: »Natürlich. Geben Sie mir vor.«
Meisner würfelte eine Zwei. »Ihr Glück. Wie viel?«
»Ihre Anteile bei Globo?«
»In Dollar?«
»Nach dem jetzigen Kurs etwa 13 Millionen. Überschaubar«, stellte Ronaldo fest.
»Nur los.«
Ronaldo würfelte eine Eins, Meisner beugte sich dramatisch vor: »Sie können einem leidtun, Herr Entführer. Ihr Reichtum vermindert sich gerade in exorbitanter Weise.«
»Ich schulde Ihnen 14 Millionen und 228.000 Dollar, Herr Meisner. Das sollte Ihre Laune steigern.«
»Meine Laune ist bereits bestens, was soll passieren? Sie, mein Henker und Unterdrücker, vermachen mir gerade Ihr Erspartes, das hat doch etwas – Delikates, meinen Sie nicht auch? Reichtum durch Entführung, sehr gut. Empfehlen Sie mich als Opfer an Ihre Kollegen weiter. Bitte sehr, geben Sie vor.«
Ronaldo würfelte wieder eine Eins.
»Sie haben es mit den kleinen Zahlen«, grinste Meisner. »Ich setze meinen Gewinn und die Differenz zu Ihrem Vermögen. Schlagen Sie ein?«

»Sicher. Warum nicht?«, sagte Ronaldo nach einer kurzen Pause.
Meisner wartete einen Moment und warf den Würfel, eine Zwei. Er sah Ronaldo forschend an und versuchte, eine Regung in dessen Gesicht auszumachen, doch dieser zupfte nur leicht an seinem Ärmel. »Mein Kompliment. Ich bin bankrott. Mein Geld gehört Ihnen. Gewähren Sie mir Disposition?«
»Sicher«, sagte Meisner.
»Dann können wir weiterspielen. Ihre Zahl, bitte.«
Meisner würfelte eine Drei. Ronaldo nickte: »Wie immer ein gesundes Mittelmaß, die Drei. Was halten Sie von Phalon Oil, Ihr persönlicher Anteil daran?«
»Wie viel?«
»Circa 2 Milliarden, aufgerundet«, sagte Ronaldo und sah Meisners vorsichtigen Blick: »Sie zögern? Bei Ihrer Glückssträhne?«
»Versuchen Sie es«, sagte Meisner schnell.
Ronaldo würfelte eine Drei, Meisner klopfte mit dem Handknöchel auf den Tisch. »Sie armer, armer Mensch. Bei Ihrem Glück fragt sich, wie Sie überhaupt zu Ihren Millionen gekommen sind, jetzt meine Millionen. Zu denen jetzt diese 2 Milliarden kommen. Ehrenschulden?«
»Ehrenschulden. Sie bekommen Ihr Geld.«
Sie sahen sich einen Moment lang wortlos an.
Ein Geraune umgab sie jetzt; einige Schaulustige hatten sich dem Tisch genähert und umringten sie. Man tuschelte hinter vorgehaltener Hand und sah gebannt auf den Würfel; der Geschäftsführer wischte sich die Schweißperlen von der Stirn, seine Anweisungen wurden nervöser. Ronaldo blickte belustigt in die Runde: »Nur für Sie, Herr Meisner, ein stattliches Publikum.«
»Affen. Wer braucht die?«
»Sollen wir sie löschen?«

»Lassen Sie nur, wen stört's? Ihre Zahl?«
Ronaldo warf den Würfel, eine Fünf. »Sie setzen, Herr Meisner? Bei nur einer Gewinnchance?«
»Sagen wir wiederum alles, runden Sie's auf, auf 3 Milliarden«, sagte Meisner.
»Sind Sie sich dessen sicher? Verlieren Sie, Herr Meisner, schulden sie mir 3 Milliarden. Zusätzlich zu den 10, die wir bereits von Ihnen erpressen. Eine Menge Geld.«
»Wollen Sie jetzt kleinlich werden? Ein Erbsenzähler?«
»Es ist Ihre Entscheidung.«
Das Geraune verstummte kurz, alle Augen verfolgten Meisners Hand, er würfelte eine Sechs: »Noch Fragen?«
Man applaudierte laut, Stimmengewirr setzte ein, Ronaldo drehte sich um und nickte allen freundlich zu. »Sie sind unschlagbar. Wollen wir weitermachen?«
»Mut haben Sie, das muss man Ihnen lassen«, sagte Meisner. »Ich gebe Ihnen eine, was haben wir, auch eine Fünf, wie unangenehm. Wollen Sie setzen? Oder 1000 schieben? Ich sehe es Ihnen nach, verbuchen Sie die 1000 als geschenkt.«
»Ich denke nicht, dass ich schieben möchte, Herr Meisner.«
»Alle Achtung. Um wie viel?«
»Vielleicht Ihre 10 Milliarden? Oder die gesamten 300 Milliarden?«
»Da nannte ich Sie eben kleinlich. Sie beweisen Größe.«
»Noch eine Obriga?«, fragte Ronaldo.
»Können Sie sich die noch leisten? Gerne, rauchen wir auf Ihren Untergang. Also wie viel?«
Ronaldo studierte aufmerksam die dargebotenen Zigarren und ließ sie von einem Kellner anschneiden. Sie rauchten, der Qualm entströmte Ronaldos Mund und stieg auf, diesmal waren es Sterne. »Was kostet die Welt, was schätzen Sie?«

»Die Gegenwart?«
»Oder auch eine potente Zukunft.«
»Noch vollkommen unberechenbar. Sagen wir die Vergangenheit und die Gegenwart, alles zusammengenommen, eine Zahl mit 100.000 Nullen hinter dem Komma, so in der Art? Oder mit einer Billion Nullen, was meinen Sie?«, lächelte Meisner.
»Sie sind der Fachmann«, sagte Ronaldo.
»Der Ihnen sagt, dass es dafür leider keine Disposition mehr gibt, von niemandem«, antwortete Meisner.
Im Qualm war nun ein Ring zu sehen, der eine Kugel umschloss, Saturn; es folgten Jupiter und seine Monde, dann der Mars, Ronaldo sah seinen Geschöpfen nach: »Sie sind nur noch nicht so weit. In ein paar Jahren haben Sie auch das im Sack.«
»Keine Frage«, sagte Meisner. »Wie viel setzen Sie?«
»Bleiben wir vernünftig. Ich setze nur die 300 Milliarden.«
»Das heißt?«
»Was es heißt«, sagte Ronaldo. »Ich setze unsere Forderung. Das Lösegeld für alle. Gewinne ich, bleibt es bestehen, verliere ich, so werden wir unser Projekt abbrechen.«
»Das können Sie?«
»Ein Anruf genügt.«
»Und dann?«
»Werden Sie innerhalb der nächsten Minuten als freier Mann diesen Raum verlassen. Wenn Sie möchten, können Sie vorher gerne noch von dem Braten essen und eine weitere Flasche Wein trinken. Das steht Ihnen frei.«
»Und wenn ich verliere?«, fragte Meisner.
»Bei einer Chance von eins zu fünf für Sie? Wie könnten Sie da verlieren? Sie verlieren nie. Aber gut, wenn Sie verlieren, läuft alles nach Plan, mehr nicht. Ihr Geld wird vernichtet. Sie erleiden eine Korrektur. Sehr simpel.«
»Und Sie würden es abbrechen?«, fragte Meisner zweifelnd.

»Spielschulden sind Ehrenschulden.«
Meisners Blick streifte die umherstehenden Gesichter, er blieb skeptisch: »Sie wissen doch, dass Sie nicht gewinnen werden, bei einer Chance von eins zu fünf gegen Sie, und das bei Ihrem kläglichen Glück. Sie suchen nur einen galanten Weg, um da rauszukommen, die Sache ist Ihnen über den Kopf gewachsen, habe ich recht?«
»Akzeptieren Sie den Wurf?«, fragte Ronaldo kurz.
»Ihre 300 Milliarden?«
»Ebenso Ihre 300 Milliarden.«
»Natürlich akzeptiere ich«, sagte Meisner.
Es wurde vollkommen still. Ronaldo griff zum Würfel, er schüttelte ihn lange zwischen zwei Fingern. Die Umherstehenden verfolgten gebannt die Bewegungen der Hand; nun mach schon, dachte Meisner, dann fiel der Würfel. Er sah die Zahl und erstarrte, Ronaldo lächelte: »Ich mochte die Sechs schon immer, sie ist eine so gleichmäßig angeordnete Zahl. Sechs runde Punkte in Reih und Glied. Finden Sie nicht auch?«
Meisner starrte weiter ungläubig auf die Zahl, Ronaldo tippte den Würfel leicht an. »Nicht?«
»Das ist doch nur ein Spiel«, stammelte Meisner.
»Spielschulden sind Ehrenschulden, Herr Meisner. Sie schulden mir 300 Milliarden. Es wird mir eine Ehre sein, wenn ich dieses, mein Geld, morgen dem Golfstrom übergebe. Was meinen Sie, werden Ihre Kollegen Ihnen eine entsprechende Disposition einräumen? Ich denke schon, man hält in Ihren Kreisen ja zusammen. Sie sollten sich nicht grämen, es ist nicht mehr Ihr Geld, welches da vernichtet wird, nun habe ich diese Last zu tragen. Es fällt mir leicht, sie abzuwerfen. Beenden wir unser Spiel?«
Meisners Blick konnte sich nicht von dem Würfel lösen; aus den Augenwinkeln sah er, wie die Schaulustigen und das Casino verschwanden; sie saßen wieder am Tisch.

»Gut, Herr Meisner. Wir sehen uns morgen früh zur Präsentation wieder.«
»Zur was?«
»Zur Präsentation. Schlafen Sie gut, träumen Sie redlich. Morgen Abend werden Sie wieder in der Gesellschaft Ihrer Frau sein. Oder Ihrer langersehnten Liebe, des Fräuleins Anne, das liegt ganz bei Ihnen. Ich werde unseren kleinen Small Talk vermissen. Gute Nacht, Herr Meisner.«
Er ging zur Tür, öffnete sie und drehte sich noch einmal um: »Im Übrigen können Sie den Würfel gerne behalten. Wer weiß, wofür der noch einmal gut ist, nicht?«
Die Tür schloss sich hinter ihm, wie immer vollkommen lautlos.
Meisner blieb sitzen, wütend schlug er den Würfel vom Tisch und schrie einmal laut auf, rutschte dann auf die Knie und robbte dem Würfel nach, dieser lag an der Wand und wies wieder die Sechs auf. Er legte sich auf den Boden, den Blick auf den kleinen Quader vor ihm gerichtet; er spürte die Ebenheit des Bodens, warm, es war angenehm an der Wange. Er presste sie fest an den Boden, rieb sie dort, ließ die Wärme zu und schloss die Augen.

7.

Die Tür in der Wand stand jetzt auf.
Er dachte, dass er sich eigentlich darüber wundern müsste, hatte Ronaldo sie doch eben noch verschlossen. Schwerfällig erhob er sich vom Boden und spähte vorsichtig nach draußen, ein weiterer Raum grenzte an seinen, er war vollkommen identisch, das Bett, die Stühle, alles. Niemand war zu sehen. Die gegenüberliegende Stahltür war nur angelehnt, er trat in den nächsten Raum, auch dieser war gleich eingerichtet, nur beiläufig nahm er in jedem Raum zwei Zigarrenstummel in den Aschenbechern wahr. Dreißig, dachte er, es müssen dreißig sein. Die nächste Tür klemmte etwas, er stemmte sich dagegen, Putz bröckelte von der Wand, ein Spinnennetz fiel auf seine Schulter, er wischte es weg; schließlich gab die Tür quietschend nach und er trat in einer Staubwolke in den Konferenzraum.
Bohm saß bereits am Tisch und sah ihn freundlich an.
Er klopfte sich den Staub vom Anzug und ging zum Fenster, die Frankfurter Skyline, der Taunus, unverändert lag Schnee auf den Bäumen, gut; er setzte sich und blickte zu Bohm.
Der schaute jetzt ernst, vor ihm stand ein aufgeklapptes Notebook.
»Und?«, fragte Meisner, »haben Sie es?«

»Ja«, sagte Bohm. »Es wird gerade verladen.«
»Wo?«
»In Miami.«
»Sehr gut. War's kompliziert?«
Im Gegenteil, sagte Bohm, es sei sehr einfach gewesen, nahezu unheimlich einfach, obwohl man den Umgang mit physischem Geld ja gar nicht mehr gewöhnt sei. Und wie er gehört habe, seien die Hundert-Dollar-Scheine weltweit jetzt schon sehr knapp.
»Es ist neues Geld?«
»Größtenteils, ja. Das war nicht anders zu machen«, sagte Bohm.
»Verstehe.«
Meisner blickte kurz auf den Laptop: »Was haben Sie da?«
»Nur Überprüfungen«, sagte Bohm. »Berechnungen.«
»Was genau?«
Bohm lächelte stolz, er habe ein wenig nachgedacht, da dieses Geld ja aus den eigenen Instituten stamme, könne man die Beleihung durchaus flexibel geltend machen, er denke da an einen Umverteilungsmodus, einen Fächer. Man könne diese Kosten, je nach maximaler Bedürftigkeit der Unternehmen in den jeweiligen Beteiligungsgesellschaften, ganz einfach abschreiben; diese Zahl, 10 Milliarden, würde es am Ende so nicht gegeben haben.
»Interessant.«
Bohm bediente kurz die Tastatur des Rechners, wahrscheinlich würden sie den Verlust auf unter 37 Prozent des Gesamtvolumens bringen können; übertrage man das auf die anfallenden Vorauskosten der Folgejahre, allein auf die Gewerbesteuer in den Ländern, würde es sich in etwas weniger als zwei Jahren amortisiert haben, auf den laufenden Jahresgewinn, unter Umständen sogar noch früher. Darüber hinaus könne man auf dieser Basis den Verlust im dritten Jahr ebenfalls abschreiben.

Meisner blickte ihn stirnrunzelnd an: »Das heißt?«
Das heiße, dass diese 10 Milliarden ihm nach drei Jahren eine ansehnliche Rendite einbringen würden, sagte Bohm zufrieden und verschränkte die Hände vor der Brust.
»Sie sind gut, Bohm. Ausgezeichnet.«
»Danke. Wollen Sie es genauer?«
»Nein, das reicht«, lächelte Meisner, schwieg kurz und blickte wieder durch das Fenster. »Das hat er wohl nicht bedacht, dass es Leute wie Sie gibt, Bohm, Leute mit Ihren Ideen. Oder hat er das, was meinen Sie?«
»Wer, bitte?«
»Egal«, sagte Meisner und fragte sich, ob Ronaldo das bedacht hatte; natürlich, es wäre lachhaft, wenn nicht.
Er weiß, dass wir das können, dass wir das tun werden, dass wir so ... sind; es kann nur ein Plan sein, und das hier ist die Kür.
»Was bedeutet es für die Staatshaushalte, wenn denen diese Kohle fehlt? Haben Sie das auch in Ihrem Ding da?«
So weit sei er noch nicht, sagte Bohm, der vielen Unbekannten wegen, die Haushalte seien ja dilettantisch organisiert.
»Und Ihre Meinung?«
Bohm überlegte kurz: »Sie meinen, wenn alle Unternehmen wie wir verfahren würden?«
»Genau.«
»Das wäre wahrscheinlich – problematisch.«
»Was heißt problematisch?«
»Nun, die Haushalte kämen wohl an ihre Grenzen. Es könnte kollabieren.«
»Überall? Global?«, fragte Meisner, jetzt angespannt.
Bohm nickte, es würde mit Sicherheit eine Kettenreaktion verursachen; durch Hilfen und gegenseitige vertragliche Verpflichtungen würde man wohl eine Zeitlang die vom Bankrott bedrohten Staaten über Wasser halten, letztlich würden aber alle in den gleichen Abwärtssog geraten, ins-

besondere wegen der immensen internen Steuerausfälle. Aber man solle doch besser zuerst an die eigene –

»An was? An unseren eigenen Arsch denken, das meinen Sie?«

»Nun –«

»Genau das meinen Sie, Bohm, den eigenen Arsch.«

»Es ist ja so, wir wissen nicht, ob die anderen Firmen ebenso reagieren werden.«

»Werden sie, Bohm, werden sie. Das wissen Sie so gut wie ich.«

Bohm schwieg bedrückt. Meisner stand auf und ging ein paar Schritte im Kreis.

Natürlich hat er das bedacht, natürlich weiß er, was wir tun werden, und natürlich wird es so kommen, das System kollabiert, durch uns, weil wir so sind, weil nur wir es verursachen können.

»Sehr interessant, Bohm. Wir retten unseren Arsch, und die Welt kriegt einen Tritt, von dem sie sich nicht mehr erholen wird, nicht? Anarchie, das wird es geben. Nur, was wird dann aus uns, danach?«

»Nun, wenn wir rechtzeitig –«

»Rechtzeitig – was? Uns absichern?«

Das sei sinnvoll, sagte Bohm. Es sei ratsam, eine physische Wertsicherung zu betreiben, sich in den meisten Bereichen umzustellen, zum Beispiel den Bodenbesitz auszubauen, die Edelmetallbestände zu erhöhen, alles machbar, es könne sogar lukrativ sein.

»Lukrativ?«, lächelte Meisner.

»Durchaus. Schließlich wissen nur wir davon, zum jetzigen Zeitpunkt. Wir haben einen Vorsprung.«

Meisner lächelte weiter: »Wissen Sie, was er gesagt hat? – Sie würden noch selbst im drohenden Untergang immer einen Mehrwert für sich und Ihr Geld erreichen. – Scheint wohl zu stimmen.«

»Wer hat das gesagt?«, fragte Bohm.

»Jemand, der besser ist als Sie, Bohm, bei weitem besser. Einfach, weil er weiß, wer Sie sind, Sie aber von ihm keine Ahnung haben, das ist es. So viel zu Ihrem Vorsprung.«
»Von welcher Firma?«, fragte Bohm leise.
Meisner antwortete nicht, er drehte ihm den Rücken zu und sah hinunter auf die Straße, auf seine Ameisen. Wir könnten es nicht tun, dachte er, wir könnten es einfach abwerfen und es dabei belassen, mehr nicht, es gäbe keinen Kollaps, alles bliebe beim Alten.
Aber wir müssen es tun, wir sind so.
»Bohm?«
»Herr Meisner?«
»Wir könnten auf diese Verkettung hinweisen, auf die Haushalte, den Zusammenbruch. Wir könnten gemeinsam handeln, mit den anderen. Ihr Programm da eben nicht aktivieren. Es bliebe nur ein Verlust, nichts sonst. Wir würden einmal verlieren, ausnahmsweise. Wie wäre das?«
Er spürte Bohms Blick in seinem Rücken, spürte, wie dieser vor Unglauben und Entsetzen zusammenzuckte. Nach einer Pause antwortete er kühl, man würde das wohl als Schwäche auslegen, die anderen würden die Situation sofort ausnutzen und es dennoch tun. Ob er sich ernsthaft Sorgen machen würde?
»Sorgen? Nein, beim besten Willen nicht. Unser schöner Kollaps da, was wird das schon sein? Entwertungen hier und da, man wird sich fragen, warum, wieso, wer den Mist zu verantworten hat, all das, das hängt uns nach, sicher ein, zwei Dekaden, es wird einfach eine schlechte Zeit, jedenfalls für die meisten, für die armen Schweine. Trotzdem kommen neue Babys zur Welt, neue Reissäcke fallen um, ein neuer Markt entsteht und jeder sieht zu, was er vom Kuchen abkriegt, so wie es schon immer war; nein, Bohm, Sorgen mache ich mir nicht, jedenfalls nicht darüber. Ich mache mir Sorgen über Zeichen.«

»Zeichen?«
»Warum betonen Sie das so, Bohm? Klingt es kitschig? Ja, das ist es, kitschig, stimmt, aber es ist gut, es bewegt etwas. Die Jungs zeigen uns damit, dass sie einfach besser sind, mit ihren Zeichen, besser als wir mit unseren komischen Plänen und Berechnungen; Sie können sich mit Ihrem Plan den Arsch abwischen, Bohm, ganz einfach, weil dieser Plan nicht gut genug ist.«
Er drehte sich um, Bohm saß steif vor dem Laptop, sein Gesicht glich einer tönernen Maske.
»Und, Bohm, wütend?«
»Natürlich nicht«, sagte dieser leise.
»Aber Sie sollten wütend sein, das wäre gut. Und zwar wütend darüber, dass Sie nur so ein kleines, verschissenes Rädchen sind. Wissen Sie was? Das System geht weiter, es kommt zur Not gut und gerne ohne die kleinen Rädchen aus, wichtig sind nur die großen Räder, so eines, wie ich es bin. Ich bin wichtig, Sie sind es nicht. Haben Sie sich darüber schon einmal Gedanken gemacht? Sie als kleines Etwas, Sie fühlen sich dem System verpflichtet, das System sieht das umgekehrt nicht so, es scheißt auf Sie, trotzdem geben Sie Ihr Bestes, dafür, dass andere Ihnen sagen, was Sie zu tun haben, dafür, dass Sie keine Eier mehr haben; die habe ich Ihnen abgeschnitten, schon am ersten Tag hier. Trotzdem geben Sie wirklich immer Ihr Allerbestes, mein Gott, was sind Sie nur für ein Mensch, Bohm?«
Bohm schwieg, er wehrte sich nicht, Meisners Lust wuchs:
»Sie sind ein echtes Prachtexemplar, ein Umsetzer, Bohm. Wissen Sie, was das ist? Ich sag's Ihnen, so jemand wie Sie kriegt jeden Tag einen Tritt, und mit jedem Tritt kriechen Sie mehr und mehr für den, der Sie tritt; so lange, bis Sie den Tritt brauchen, für Ihr mageres Ego, nicht wahr? Weil ohne Tritte nichts mehr geht in Ihrem Erbsenzählerleben, einfach, weil Sie dann besser umsetzen können, was man

Ihnen sagt, weil Sie's selbst niemals könnten. Wie mag sich das anfühlen, wenn man das nicht kann? Sagen Sie es mir, Bohm, kommen Sie, sagen Sie es mir, ich warte.«

»Ich kümmere mich nur um Ihre Angelegenheiten, dafür werde ich bezahlt«, stammelte Bohm.

»Ich weiß. Aber danach habe ich nicht gefragt. Wie Sie sich damit fühlen, danach habe ich gefragt«, sagte Meisner.

Bohm antwortete nicht, Meisner sah die Nässe auf dessen Wangen und fühlte sich abgestoßen. »Ja, Bohm, das ist schon eine Bürde, nicht? Dieses Gefühl, nur ein kleiner Teil vom dicken Kuchen zu sein, dabei hat es seine Vorteile, zum Beispiel haben Sie keine Verantwortung, das ist gut, deshalb können Sie auch diese komischen Rechnungen da aufstellen. Sie rechnen nur, aber Sie verantworten nichts, das ist gemütlich. Wissen Sie, das sind immer die Schlimmsten, die ohne Verantwortung, die haben keine Bremse in Sachen Moral. Sie haben es gut, Bohm. Ich beneide Sie.«

»Herr Meisner –«

»Was, Bohm? Wollten Sie etwas sagen? Erstaunlich, sehr erstaunlich. Schießen Sie los. Doch nicht? Schon gut, Bohm, schon gut, machen Sie sich keine Gedanken, dafür haben Sie ja mich. Wie war das? Sie lieben doch Musik, genau. Ich weiß noch, auf meinem Geburtstag, da haben Sie Klavier gespielt, was war es, Bach? Denke schon, zumindest sollte es das wohl sein, vielleicht war es ja auch gut, leider aber war es auch genau so lächerlich und devot, wie Sie selbst es sind. Sie taten mir wirklich leid. Wissen Sie was? Eines Tages, wenn ich alles von Ihnen gekriegt habe, alles, was ich wollte, dann werden Sie etwas Fürchterliches feststellen; Sie werden sehen, dass Sie Ihr Leben vollkommen verplempert haben, am Sinn Ihrer kläglichen Existenz vorbei gelebt haben. Dann, wenn es zu spät ist, dann, wenn ich Sie bereits vollkommen ausgequetscht habe, jeden verdammten Tropfen, der jemals gut war in Ihnen. Tut das nicht weh? Oh ja, es muss wehtun. Sie haben Ihr Leben lang immer gerechnet, für mich, für meine Angelegenheiten, wie Sie sagen, aber dabei gibt es nur ein paar Töne auf dem Klavier, die Sie eigentlich lieben; wie viele sind es, acht, zwölf, sechs? Genau, nur sechs, eine einfache Zahl, wie auf einem Würfel, gerade, gleichmäßig, einfach zu berechnen, mehr hätte es für Ihr Glück nicht gebraucht, all das stellen Sie fest, wenn es zu spät ist. So ist das Leben, hinterhältig, eine Menge Fallen hier und da, und man geht in jede rein, wie dumm. Und das Beste ist, Bohm, Sie wissen es, Sie können es reflektieren, Sie wissen, was Sie da anstellen, was Sie sich antun, was Sie anderen antun, und trotzdem tun Sie es, immer wieder. Aber trösten Sie sich, damit sind Sie nicht alleine, die Welt ist voll mit Ihnen, alles voll mit kleinen Bohms, Rädchen, Zitronen, treuen niedlichen Wesen; und durch ihre Treue werden sie untergehen, jeder allein für sich und alle zusammen.

Ist das eine höhere Dramaturgie, Bohm?

Aber lassen Sie uns nicht rührselig werden. Wissen Sie, was wir tun werden? Wir werden genau das tun, Ihren komischen Plan da aktivieren; wir und all die anderen, weil wir es ja machen müssen, nicht? Das sagten Sie doch, wir können nicht anders, wir sind so, wir folgen unserer Prämisse, nur das.

Gut.

Fangen Sie an, bloß soll uns später keiner sagen, dass wir es nicht wussten, was, Bohm? Wir wussten alles, wir waren bei vollem Verstand und haben es trotzdem getan; und wir würden es jederzeit wieder tun. Was für Tiere sind wir nur, Bohm?

Und jetzt gehen Sie an Ihren Plan, setzen Sie ihn um, na los, ab, ab!«

Er blickte wieder auf die Straße hinab, vernahm ein leises *Ja, Herr Meisner*, das Zuklappen des Rechners und Bohms steife Schritte beim Hinausgehen; die Tür fiel ins Schloss. Das verstaubte Loch in der Wand war noch da, er stieg hinein, durchquerte die Räume und stand wieder vor seinem Tisch, der Würfel lag unverändert auf dem Boden, er legte sich daneben.

8.

Die Stimme erklang direkt vor ihm: »Jetzt liegen Sie ja auf dem Boden. Können Sie mir sagen, warum wir dieses sündhaft teure Bett für Sie gekauft haben? Herr Meisner?«
Ronaldo trat näher heran und betrachtete Meisner stirnrunzelnd: »Herr Meisner?«
»Ich bin wach«, sagte Meisner.
»Dann wird es Zeit zum Ankleiden. Es ist so ein schöner Morgen, und es gibt Neuigkeiten.«
Meisner schaute durch die Schlitze seiner halbgeöffneten Augen zu ihm auf: »Welche?«
»Sehr gute. Alles verläuft nach Plan.«
Meisner öffnete die Augen jetzt ganz, setzte sich langsam hin. »Sie haben mein Geld abgeworfen?«
Ronaldo lächelte ruhig: »Sie meinen, mein Geld. Nein, noch nicht, Sie sind einer der letzten, in wenigen Minuten sind Ihre Leute dran. Aber fast alle anderen haben es bereits getan.«
»Wann?«
»Seit den frühen Morgenstunden, teils gleichzeitig, teils nacheinander, die Ozeane ertrinken in Geld.«
»Und keine Tricks, nichts? Keine Netze, kein Falschgeld?«
Ronaldo lachte kurz und schüttelte vergnügt den Kopf.
»Und die Entführten?«, fragte Meisner.
»Sind größtenteils wieder auf freiem Fuß.«

»Und?«
»Was und?«, fragte Ronaldo.
»Sie wollen mir doch nicht sagen, dass man so einen Haufen Geld abwirft und nichts passiert? Das Drumherum; die Reaktionen, was war los?«
»Erregende Szenen. Es gab kaum Augenzeugen, aber als die Sender es brachten –«
»Die wussten davon? Von Ihnen?«
»Oh nein, das waren die Konzerne. Es lag ihnen offenbar sehr daran, dass das zur Kenntnis genommen wird, ein wenig mediale PR und derlei, Mitleid mit den armen Entführten schüren. Wir hatten das auch so erwartet. Auf jeden Fall, als die Sender es brachten, gab es unglaubliche Szenen. Menschliche Dramen, große Gefühle, Millionen haben sich umarmt, wie erlöst.«
»Haben alle es abgeworfen, ausnahmslos?«
»Sicher. Es gab ein paar Probleme, das war alles.«
»Mit wem?«
»Nur Kleinigkeiten«, sagte Ronaldo. »Die Fringer-Leute hielten sich für besonders einfallsreich; sie legten unsere Abwurfkoordinaten sehr großzügig aus, nahe der mexikanischen Küste; sie dachten, dass der Wind die Geldscheine auf das Land treiben würde.«
»Wozu? Wegen der armen Schweine da?«, fragte Meisner.
»Sicher. Aus den armen Schweinen hätten ja auch reiche Käufer werden können. Sie wollten, dass die Scheine gefunden werden, im Kreislauf bleiben. Zudem warfen sie Werbebroschüren für ihre Produkte mit ab, alles wegen der armen Schweine, damit die auch wissen, was sie sich von dem vielen Geld zu kaufen haben. Leider kam der Wind von Osten.«
Meisner grinste: »Zum Meer hin?«
»Ja«, lächelte Ronaldo, Meisner lachte laut, musste sich am Tisch festhalten. »Eine wunderbare Geschichte, ich sehe

schon Jo Fringers Gesicht vor mir, herrlich. Sie bereiten mir einen wunderbaren Vormittag, mein Herr Ronaldo. Und Allison, der Geizhals? Wie lief das?«
»Reibungslos. Sie haben sich an alles gehalten«, sagte Ronaldo.
»Wenn er die Bilder sieht, wird er weinen. Sein schönes Geld.«
»Sagt er das immer?«, fragte Ronaldo.
»Ständig. Sein Geld ist besonders schön. Denkt er. Und der Inder? Die Araber?«
»Auf die Minute genau. Es war, als hätten sie alle eine Art Respekt vor unserer Forderung. Sehr bewegend, so muss man sich wohl ein Opferfest der Altvorderen vorstellen, es trug rituelle Züge.«
Meisner sah ehrfurchtsvoll zu Ronaldo hinüber: »Dann sind Sie jetzt ein Held. Man wird Sie lieben, wollten Sie das nicht? Darum ging's Ihnen doch.«
»Ich bin zufrieden. Im Übrigen gab es auch Proteste.«
»Von den Armen?«, fragte Meisner.
Ronaldo schüttelt den Kopf und blickte erstaunt: »Natürlich nicht. Gerade die hatten größtes Verständnis für unsere Maßnahme. Nein, der Protest kam von einigen nicht entführten Milliardären. Sie ließen durchblicken, dass die Auswahl der Gekidnappten offensichtlich nicht den geläufigen Kriterien des Forbes-Rankings entsprach. Was natürlich Unsinn ist.«
»Sie meinen, die waren neidisch?«
»Sie fühlten sich in ihrem Rang beleidigt. Aber man kann es eben nicht jedem recht machen«, sagte Ronaldo und zuckte mit den Achseln.
»Alle Achtung, ein gigantischer Erfolg«, sagte Meisner beeindruckt.
»Freuen Sie sich nicht zu früh, Sie werden die Folgen noch zu spüren bekommen, Herr Meisner.«

»Jetzt, da ich mittellos bin? Was für Folgen? Schließlich waren Sie es ja, der mich so vollkommen erleichtert hat. Wie lebt es sich so mit meinen Sünden auf den Schultern?«
»Sie sollten jetzt sehen, was aus Ihren Sünden wird, Herr Meisner, wir sind so weit.«
Der Sand unter ihren Füßen war weiß, fein wie Puder, er glitzerte in der warmen Sonne. Ronaldo lehnte sich an eine Palme, oben hingen einige Früchte, er sah vorsorglich hoch: »Mögen Sie unseren Strand? Ich denke, er ist erstklassig, sehr gelungen, es sind genau 300 Milliarden Sandkörner, nicht mehr und nicht weniger.«
Meisner sagte nichts, er griff hinunter in den Sand, ließ ihn durch seine Finger rieseln.
Vor ihm das Meer.
Der Wind, sanft.
Das Wasser auf dem Sand, es kam und ging mit den Wellen.
Er hörte ein Rauschen, weit draußen.
Ronaldo folgte seinem Blick: »Und das Leben selbst, was meinen Sie? Ein Konstrukt, alles ganz beliebig? Wir sind unzählige, verschiebbare Sandkörner in einem bis zum Rand gefüllten Terrarium, nur unsere aktuelle Position macht aus uns einen Tisch, Stuhl, einen Gartenzwerg oder einen Menschen. Alles ist eine Frage dieser Positionen. Alles nur Facetten, alles nur Bruchstücke des Ganzen, des Wahren. Alles Systeme, an die wir glauben. Ihre Worte, Herr Meisner. Es scheint zu stimmen, wir sind angekommen, genau hier, bei Ihren Konstrukten.«
Meisner blickte weiter auf das Meer: »Was ist das?«
Ronaldo krempelte seine Hosen hoch, zog die Schuhe aus und ging hinüber zum Wasser, ein etwas lächerliches Bild, er winkte Meisner, ihm zu folgen: »Um genau zu sein, sehen wir dort die Stelle Ihrer Abwurfkoordinaten. Un-

gefähr 450 km nordöstlich der brasilianischen Küste, vor dem Mündungsdelta des Amazonas. Ein schönes Meer hier, finden Sie nicht auch? Kristallin. Nur das Beste für Ihr Geld.
Gleich beginnt es, jetzt, sehen Sie es?«
Der Ozean rückte näher, umspielte erst ihre Füße, dann die Waden. Über ihnen das Geld, es fiel, Ronaldo strahlte: »Wunderbar, sehen Sie nur, wie die Gischt es aufnimmt, ja aufsaugt, es gierig verschlingt. Es ist wunderschön.«
»Ja, das ist es. Wunderschön«, sagte Meisner und blickte aufgeregt nach oben.
Ronaldo ruderte wie ein Junge mit den Armen: »Sehen Sie diese Farben! Das Licht, wie es sich an den Seiten bricht.«
»Es glitzert.«
»Es blinkt.«
»Es ist wunderschön«, flüsterte Meisner.
»Es ist Kunst, Herr Meisner, wahre Kunst. Dagegen ist alles andere vergessen, bereits jetzt.«
Meisner sah den Scheinen nach, bunte Flecken, die abwärts taumelten, hier und da aufblitzten und schillernde Spiralen in den Himmel zeichneten: »Michelangelo, da Vinci, Dürer, Renoir –«
»Nichts dagegen«, sagte Ronaldo leise.
»Waisenknaben«, nickte Meisner.
»Nur die Kunst vermag das. Nur die Leidenschaft der Kunst kann so selbstlos sein, kann sich so verausgaben für die Schönheit. Die Menschen werden diese Bilder für immer in ihren Herzen tragen. Mögen Sie eine musikalische Untermalung? Bach, Mozart vielleicht? Oder moderner, Berlioz? Was möchten Sie zu Ihrem Geld hören?«, fragte Ronaldo.
»Haben Sie Strauss?«
»Eine gute Wahl.«
Der Walzer klang zu den Wellen, passte sich ihrem Rhyth-

mus an, wurde leise, dann lauter, wie ein helles Lachen, dann doch wieder fern, Ronaldos Hand folgte der Musik.
»Was sehen Sie?«, fragte er.
»Geschichten, sehr viele Geschichten«, sagte Meisner und lauschte der Musik. »Sehen Sie diesen Schein da, am Rand? Vielleicht war es der erste, den ich verdient habe, als ich noch für Tannert gearbeitet habe, seine Jungs zahlten cash, jede Woche, so ein kleines Bündel, der oberste hatte immer einen Knick. Bestimmt war es der, er sieht so aus, er hat auch einen Knick. Finden Sie nicht auch, dass sie alle ihren eigenen Charakter haben? Nichts an ihnen ist gleich, sie sind wie –«
»Kinder?«, fragte Ronaldo.
»Teile meines Lebens. Sie wussten, dass Sie da nicht mein Geld versenken, sondern mein Leben, ist das so?«
Ronaldo ließ sich mit der Antwort Zeit, seine Hand fuhr genussvoll durch das Wasser. »Ja.«
Nur noch wenige Scheine fielen hinunter, Meisner sah ihnen nach. »Eine klassische Entführung. Der Entführte wird ermordet. Deshalb auch keine Maske. Aber Sie haben nie über die Art meiner Ermordung gesprochen.«
»Hätten Sie das verwunden?«
»Vorher? Vor diesem Anblick? Nein, niemals«, sagte Meisner.
»Ist es nicht schön?«, sagte Ronaldo ruhig.
»Es ist atemberaubend. Wussten Sie, dass ich Tannert später jedes Mal meinen Lohn zurückgab? Mit dem Hinweis, dass ich es so lange tun würde, bis er meinen wahren Wert erkennen würde? Das war ein Trick, ich war sehr einfallsreich zu dieser Zeit.«
»Ja, sicher, ich weiß«, nickte Ronaldo.
»Er hat mich geachtet, früher.«
Ronaldo nahm seine Hände wieder aus dem Wasser. »Die Achtung vor Ihnen ist soeben an dieser Küste zerbrochen. Es ist vorbei.«

»Ich weiß«, sagte Meisner.
Das Meer zog sich zurück, und die Musik verstummte, sie klang ihm noch in den Ohren, *es war wundervoll*, dachte Meisner und stützte die Hände wieder auf den Tisch, Ronaldo saß ihm gegenüber: »Das war ein wirklich schöner Ozean, nicht?«
»Ja.«
»Wir können es wiederholen, wenn Sie mögen.«
»Schon gut. Und jetzt? Was haben Sie vor?«
»Sie sind frei. Was dachten Sie, was passieren würde? Ein ordentlicher Entführer würde Sie jetzt, nachdem seine Forderungen erfüllt worden sind, mit verbundenen Augen nach draußen bringen; man würde Sie in ein Auto stecken, lange mit Ihnen im Kreis fahren und Sie schließlich mit einer Fünfzig-Cent-Münze vor einer öffentlichen Telefonzelle absetzen. So etwas Barbarisches machen wir nicht. Sie sind frei, Sie können gehen.«
Meisner sah zur Tür: »Da hinaus?«
»Da hinaus«, nickte Ronaldo.
»Was ist da?«
»Hinter der Tür? Nichts, könnte man sagen. Da ist nur Ihre Welt. Ihre Erfindung. Ihre Stadt, Ihr Haus, Ihre Pferde, wie Sie wollen. Ihre Welt. Und in die gehen Sie zurück. Man wird eine Menge Fragen haben. Unmengen an Fragen, wie Sie sich vorstellen können.«
»Ja.«
»Sie werden viel zu reparieren haben«, sagte Ronaldo.
»Ja.«
»Löcher stopfen. Mit Ihrer Frau sprechen. Mit den anderen. Sie werden allen sagen müssen, was passieren wird, bald, sofern man es wissen will. Und leider auch, dass Sie es nicht mehr ändern können.«
»Ja.«
»All das. Wenn Sie gehen.«

»Wann soll ich gehen?«, fragte Meisner leise.
»Sofort, wenn Sie wollen. Gleich jetzt.«
»Und Sie?«
»Ich gehe auch, auch jetzt«, sagte Ronaldo kurz.
Meisners Blick glitt durch den Raum, der Tisch, das Bett, die Wände, der Boden. »Haben Sie etwas dagegen, wenn ich noch eine Weile hierbleibe?«
»Ganz und gar nicht, wie Sie wollen.«
»Läuft alles nach Plan?«
»Vollkommen, Sie sterben großartig, Herr Meisner. So, wie es Ihnen angemessen ist. Es bleibt, mich zu verabschieden?«, lächelte Ronaldo. Er stand auf, zögerte kurz, umarmte ihn dann.
Meisner fühlte den sanften Druck auf den Schultern, er blinzelte kurz, sah auf die feingliedrigen Hände neben sich; man zog das Laken höher, ihn fröstelte, er spürte die Beine nicht mehr, er hörte Ronaldos Stimme nur noch aus der Ferne.
»Leben Sie wohl, Herr Meisner. Ich wünsche Ihnen eine schöne Weihnacht. Wenn alle weg sind – machen Sie es dann aus?«
»Sicher«, sagte eine Stimme. »Aber das wird ihn mitnehmen.«
»Besser jetzt, dann hat er es hinter sich«, die andere. »Holen Sie seine Frau, es ist so weit.«
Die erste Stimme, leise: »Er beobachtet uns.«
An diesem Tag wurde es wärmer, in Genf setzte bereits das Tauwetter ein, und große Lachen farbigen Wassers bildeten sich überall auf den Straßen, in den Strahlen der Sonne glitzerte es vergnügt. Das war ungewöhnlich zu dieser Jahreszeit, schien aber niemanden weiter zu wundern; es war einfach nur ein wenig anders.